유령

정용준

유령

정용준

소설

PIN

007

차례

PIN

007

유령

정용준

1

얼음 바다를 보신 적 있으십니까?

얼어붙은 수면을 깨며 느리게 나아가는 쇄빙선은요?

콰콰콰콰콰콰 부서지며 우는 바닷소리를 들어본 적도 없으시겠군요.

……

기회 되면 한번 보시지요. 볼 만합니다.

심란하다. 어제 이후 윤은 꺼림칙한 느낌에 시달리고 있다. 기분 문제는 아니다. 감정 문제도 아니고. 윤의 눈을 찬찬히 들여다보는 속이 비치

는 갈색 눈동자 두 개. 왜 그렇게 빤히 쳐다보냐
는 물음에 그는 답했다.

그냥, 보고 있습니다.

왜?

담당님이 누군지 살피고 있는 중.

별생각 없이 그 눈을 마주하던 윤은 뭔가를 들
킨 것 같은 기분에 자신도 모르게 한 발 뒤로 물
러서고 말았다. 대충 알겠습니다, 라고 말하고 그
는 입술을 다물었다. 잠깐 눈을 마주친 것뿐인데,
그저 알겠다고 한 것뿐인데, 속으로 손을 쑥 집어
넣어 활짝 벌려 안을 들여다보는 것 같았다. 그리
고 얼음 한 덩어리 집어넣은 듯 내내 서늘하고 기
분이 이상하다.

야!

윤은 고개를 돌렸다. 동료들이 자신을 바라보
고 있었고 소장은 짜증난 얼굴을 일그러뜨리고
신경질적으로 말했다.

정신을 어디에 팔아? 지금 474번 이야기하잖
아. 안 들려?

들립니다.

지금 언론에서 그 새끼 뭐 하나 잡아보려고 난리 치는 거 알고 있지? 괜히 이상한 말 안 새어 나가지 않게 단단히 막아. 미친 새끼들 만나는 게 우리 일이라지만 이런 식으로 미친 새끼는 처음 보네.

　윤은 교도소장이 말하는 모습을 바라봤다. 팔다리는 말랐는데 배와 엉덩이만 불룩 나온 기묘한 체형. 말할 때마다 앞으로 튀어나오는 입술과 설치류를 닮은 넓고 길쭉한 두 개의 앞니. 목소리는 탁하고 말은 빠르다. 윤은 시선을 창밖으로 돌렸다. 먹구름이 천장처럼 뒤덮고 있다. 오전 일곱 시 반인데 저녁 일곱 시 반처럼 느껴진다. 소장이 밖으로 나가자마자 박 교감은 가방에서 핸드폰을 꺼냈다. 간밤에 블로그에 올린 글에 달린 댓글을 확인하며 일일이 답글을 썼다. 탁자 맞은편에 앉아 있던 최 교위가 탁, 소리 나게 노트를 덮었다.

　계속 그렇게 핸드폰 들고 다니다가 나중에 문제 생깁니다.

　박 교감은 가볍게 손을 들고 알았어, 라고 중얼거릴 뿐 고개도 들지 않는다.

관리실로 향하는 윤에게 최 교위가 다가왔다.

어디 가.

개방하려고요.

같이 가자.

15년 차 교도관은 박 교감과 다르다. 수형자들과 필요 이상으로 가까이 지내며 교화시키려 온갖 노력을 해대는 박 교감과 달리 냉정하고 이성적인 태도로 수형자와 거리를 유지한다. 박 교감은 기회만 되면 언론에 얼굴을 비추고 묻지 않은 것까지 친절하고 자세히 설명한다. 그때마다 최는 할 말 안 할 말 구분 좀 하라며 박을 비판했고 교도소 이미지에 신경 쓰는 박이 의견을 낼 때마다 '교도소가 캠퍼습니까?'라며 쓴소리를 해댔다. 하지만 윤에게는 자상하고 다정한 선배였다. 최는 윤의 어깨에 팔을 둘렀다. 최근에 시작한 배드민턴 동호회에서 만난 사람들 중 사기꾼들이 많다는 것과 두 아들의 학원비 문제로 골치가 아프다는 푸념을 늘어놓았다. 윤은 고개를 끄덕이며 가볍게 맞장구쳤다. 둘은 자판기 커피를 들고 마주 서서 수형자들이 제작한 노트가 반응이 좋아

찾는 이들이 많다는 화제로 대화를 이어갔다. 다 마신 종이컵을 구기며 최가 말했다.

윤. 474번 말인데 너한테도 말 안 해?

뭐…… 별로. 말 자체를 거의 안 해요.

그렇겠지.

최는 으음, 하며 뜸을 들인 뒤 조심스럽게 말했다.

좀 이상해.

윤은 입술에서 컵을 떼고 최를 바라봤다.

별의별 놈 다 봤지만 이런 캐릭터는 없었어. 이상해. 묘한 태도하며 지나치게 여유로운 것도 그렇고. 너무 깔끔하잖아. 죄를 받아들이고 모두 인정하고 있어. 그런데 뉘우치고 반성하는 태도는 아니야. 달라. 뭔가 다른데 그게 뭔지 모르겠단 말이야.

그게 문제가 되나요?

문제라기보다…… 인간이라면 그럴 수 없거든. 그런 게 자연스러울 수는 없어. 파악이 안 돼. 그래서 찜찜해. 제일 무서운 사람이 누군지 알아?

윤은 입술을 다물고 눈만 껌벅였다.

잔인한 놈? 살인자? 사이코? 아냐. 아냐. 속을 모르겠는 놈이야. 아무튼. 그걸 조심해.

뭘 말입니까?

코걸이.

윤은 커피를 마시다 말고 푹, 소리 내어 웃고 말았다.

474번은 그쪽으론 가장 안심이 되는 수형자 아닌가요?

아냐. 내 말 새겨들어. 코걸이 당해 옷 벗은 선배들 많은 거 알지? 처음부터 걸려드는 사람 없어. 경계해야 해. 거리를 유지하고 절대 선을 넘지 마. 불쌍히 여기지도 말고 궁금해하지도 말아. 그들은 말이야, 상대방의 약점을 본능적으로 알아차리는 능력이 있거든. 보이면 무조건 물어. 그리고 놔주질 않지. 박 교감 벌써 블로그에 글을 쓰고 있더라. 474번이 착실하게 생활하며 교화 의지를 불태우고 있다고 말이야. 저러다 언론 인터뷰도 하겠지. 장담하는데 박 교감 언젠가 한번 크게 당할 거야. 교화?

최의 표정이 순간 굳어졌다.

웃기지 마. 짐승은 옷을 입혀도 짐승이야.

윤은 알겠다고 고개를 끄덕였다. 최는 윤의 어깨를 툭 치고 공장 쪽으로 걸어갔다.

2

열두 명이 죽었다. 당 총재를 비롯한 현직 국회 의원 셋, 청와대 관련 인사 넷, 경호원 하나, 일반 인 셋. 그날은 전당대회가 있었고 식사를 마친 의 원들은 온천에 갔다. 경찰이 도착했을 땐 타일 바 닥 곳곳에 피가 실개천처럼 흐르고 있었고 아홉 살 난 소년이 냉탕 대리석 계단에 주저앉아 울고 있었다. 붉게 변한 탕 속에 몸을 담그고 눈을 감고 있는 고요한 표정의 남자. 그는 저항하지 않았다.

정부의 고위급 인사들과 현직 국회의원이 사 망한 사건. 수사관들은 의도와 배후 세력을 물었고 의사들은 그의 정신 상태를 감정하기 위해 여러 질문을 던졌다. 그의 답은 간결했다. 모든 혐의를 인정합니다. 공범은 없습니다. 개인적인 원한 없습니다. 정치적 의도 없습니다. 수사는 난항이었다. 게다가 그는 존재하지 않는 자였다. 지문은 등록되어 있지 않았고 당연히 주민번호도 없었다. 범죄정보센터에도 기록이 없어 그를 증명하거나 추측할 만한 단서나 자료는 없었다. 전과는 없지만 전과가 없을 수 없는 자였기에 추측들이 난무했다. 간첩 혹은 제삼국에서 망명한 외국인이라는 설이 나돌았다. 산아정책으로 출생신고가 안 된 중국인일 것이라는 이야기도 있었다. 배후에 경쟁 정당이 있다는 음모론도 제기됐다. 뿐만 아니라 엽기적이고 완벽한 살해 방법 탓에 미제 사건들의 유력한 용의자로 다뤄지기도 했다. 방송 매체에서는 연일 미스터리한 그의 존재를 밝히는 프로그램을 방영했고 살해 동기를 밝히는 특집을 마련, 사건을 다각도로 분석해 다양한 가능성을 제시했다. 하지만 결론적으로 아무것도 밝혀내지 못했다. 그는 신원을 제외하고는 아무

것도 숨기는 것이 없었기 때문이다.

그는 사이코가 아니었다. 동일한 상황을 주고 비슷한 자극을 줬을 때 정상인과 같은 반응을 보였다. 일반적인 해석력과 보편적인 인지 능력을 갖고 있었고 생물을 해칠 때 쾌감을 보인다거나 잔인한 성향을 갖고 있는 것도 아니었다. 의사의 질문과 상담가의 말에 이성적이고 합리적으로 답했으며 스스로도 정신 이상을 부정했다. 종교인들과의 만남도 피하지는 않았다. 그러나 정서적 접근과 신비적인 세계에 대한 대화는 거절했다. 수사에 필요한 모든 과정에 성실히 응했지만 반복되는 질문에는 침묵했다. 전문가들은 당혹스러워하면서도 조심스럽게 그의 말에는 거짓이 없다는 잠정적인 결론을 내렸다. 특이점이 있다면 가족에 대한 질문을 할 땐 다소 날카로운 반응을 보인다는 것이었다. 부모가 있냐는 질문에 단호하게 답했다.

없습니다.

유년기에 대한 질문을 더 하려고 하면 눈살을

찌푸리며 답했다.

고아라고 말했는데……. 어떤 부분이 잘 들리지 않는지 궁금하군요.

그는 항소하지 않았다. 대법원까지 가지 않고 1심에서 판결을 받아들였다. 형은 확정되었고 곧바로 교도소로 이송됐다. 사형수를 지칭하는 붉은색 명찰이 가슴에 붙었고 474번을 부여받았다.

CCTV 화면 속 수형자들은 각기 다른 자세로 쉬고 있다. 책을 읽고, 섀도복싱을 하고, 편지를 쓰고, 창밖을 바라보고, 물구나무서기를 하고, 둘씩 짝을 지어 어깨를 주무르고, 허공을 향해 소리치고 웃고 울며 혼잣말한다. 474번은 정자세로 앉아 벽을 응시하고 있다. 모니터 위를 움직이는 노이즈가 아니었다면 사진처럼 보일 정도로 조금의 움직임도 없는 부동의 자세. 오전 여덟 시. 윤은 개방 버튼을 눌렀다. 혼거실과 독거실의 문이 동시에 열렸다. 수형자들은 기다렸다는 듯 방을 빠져나갔다. 474번이 자리에서 일어나 거울 앞에 섰다. 고개를 왼쪽으로 돌렸다가 다시 오른쪽으로 돌렸다. 거울에 가까이 다가가 자신의 눈동자를 현미경으로 바라보듯 유심히 살폈다. 그러다가 갑자기 입을 크게 벌렸다. 아가리를 벌리고 먹이를 기다리는 아귀처럼 그는 거울 앞에서 한참을 그렇게 서 있었다. 윤은 CCTV 앞에 바짝 붙어 창문으로 바라보듯 그를 봤다. 그의 작은 행동과 표정 속에서 작은 기미라도 찾으려 애를 썼다. 속이 보이지 않는다. 내면에 무엇이 있는지 알 수가 없다. 왜 그런 짓을 한 걸까? 그래놓고 왜 순순히 잡혔을까? 인과가 이상하지 않나. 마치 잡히기 위해 그런 짓을 한 것 같다. 이상한 점은 또 있다. 그는 여느 수형자들과 다르다. 억울함을 토로하지도, 사건에 대해 변명하지도 않았다. 뭔가를 얻거나 이득을 보기 위해 자세를 낮춘다거나 교묘한 말을 꺼내지도 않았다. 수형자들이 수감될 때 보이는 일반적인 반응과도 달랐다. 불안함이나 초조함을 찾을 수 없고 도도하고 강하게 보이려는 위장이나 위악적인 태도도 없었다.

윤은 복도를 걸어가는 자신의 발을 내려다봤다. 걸을 때마다 복도를 때리는 구두 굽 소리가 또각또각 울렸다. 무릎에 힘을 주고 발끝으로 조심스럽게 바닥을 딛고 최대한 소리가 나지 않도록 걸어봤다. 소리는 사라졌지만 둔탁하고 희미한 울림까지 사라지진 않았다. 윤이 기억하는 474번의 첫인상은 지나칠 정도로 편안하다는 것이었다. 낯선 공간에서의 첫날. 어쩌면 주눅 들 수 있는 환경에 전혀 동요하지 않았다. 무심한 얼굴로 질문에 답했고 시선의 흔들림은 없었다. 한 발 한 발 걸어 배정된 독거실로 향할 땐 특별히 조심하는 것 같지 않은데 발소리가 나지 않았다.

수형자들은 억울함을 호소한다. 연약한 모습을 보이며 연민을 이끌어 내려 한다. 조금이라도 많은 것을 얻고 싶어 하며 교도관과 사적이고 은밀한 사이가 되기 위해 애쓴다. 그는 아무것도 하지 않았다. 그 점이 도리어 윤은 흥미로웠다. 교도관들은 기본적으로 죄질을 따지지 않는다. 그들이 집중하는 것은 교화와 통제다. 좀도둑이라도 습성을 버리지 못하고 사고를 치거나 룰을 어기면 특별관심 수형자가 되고 극악무도한 살인을 저질 렀다 할지라도 교화 프로그램을 받아들이고 룰에 순종한다면 모범수가 되는 것이다. 윤은 474 번의 담당 교도관으로서 그를 매일 만났다. 우려와 달리 그는 문제를 일으키지 않았다. 가까이에서 느낀 건 공포나 두려움이 아니었다. 그는 성실하고 착실한 수형자였다. 주어진 조건 외에는 요구하는 게 없었고 통제에 불만을 품지 않았다. 여섯 시에 일어나 아침밥을 남김없이 먹는다. 문을 개방해도 밖으로 나가지 않고 주로 방에 앉아 있거나 누워 있다. 한 번씩 푸시업이나 앉았다 일어섰다를 한 뒤 어깨와 팔목, 목과 허리, 무릎과 골반을 천천히 돌리고 만져본다. 엔진을 점검하는 정비사처럼 꼼꼼하고 예리하게 자신의 몸을 살핀다. 담장에 쌓여가는 눈이나 떠가는 먹구름을 몇 시간이나 바라본 적도 있다. 대부분 밤에 잘 자는데 한 번씩 새벽에 발작하듯 잠꼬대를 한다. 혼잣말을 하거나 사나운 꿈을 꾸는지 소리를 지르기도 한다. 어떤 날엔 알 수 없는 나라의 언어로 말

한다. 윤은 들리는 대로 메모장에 적은 정체불명의 단어를 입술로 발음해본다. '무미야.' '오피스.'

때문에 윤은 474번을 무서워할 이유가 없었다. 지나치게 경계할 필요도 없었다. 그가 무슨 짓을 얼마나 저질렀는지 알 수 없지만 어쨌든 윤에게는 착실한 모범수였으니까. 흠을 잡자면 의무적으로 행해야 하는 운동 시간에 밖에 나가기 싫어한다는 것 정도인데 일부 호기심 많고 질 나쁜 수형자들이 474번에게 자꾸 말을 걸고 사소한 트집을 잡아 시비를 걸려고 했기 때문에 그들과 마주치기 싫은 마음은 이해할 만했다. 만남은 주로 독거실에서 이루어졌다. 수형자를 면담하는 것과 상태를 파악하는 것은 윤의 의무이다. 하지만 은밀한 즐거움이기도 했다. 474번이 보여주지 않는 마음의 모습과 비밀을 상상하고 조금씩 엿보는 게 스릴을 줬다. 윤은 이전의 수형자들에게 받지 못한 독특한 매력과 호기심을 그에게서 느꼈다. 특별히 잘해준다거나 특혜를 준 것도 아니었지만 윤은 그와의 의무적인 면담과 마주침을 은밀히

기다렸다. 윤은 사건에 대해 아무것도 묻지 않았지만 날이 갈수록 호기심이 커지는 것을 느꼈다. 의도가 없다고 했던 진짜 의도가 궁금했던 것이다. 그의 좁은 이마와 창백하고 피로한 얼굴은 이상한 연민을 불러일으켰고 느리고 침착하게 말하는 낮은 음성은 단호하고 강인했으며 묘한 설득력이 있었다. 무엇보다 그는 다른 사람을 침묵시키는 기묘한 힘을 갖고 있었는데 수사관들이 그를 취조하면서 대부분 원하는 것을 얻지 못한 것은 그 때문일 것이다.

그는 뜬금없는 질문으로 대화를 시작하곤 했다.

제 사건이 티브이에 나오나요?

윤은 고개를 끄덕이며 물었다.

신경이 쓰여?

아니요.

언제부턴가 그는 일종의 논쟁을 하고 싶어 했다.

제가 죄인입니까?

윤은 휘말려서는 안 된다는 걸 알면서도 흥미가 생기는 걸 억제할 순 없었다. 윤은 잠깐 고민한 뒤 답했다.

교도소에 있으니까 죄인이지. 하지만 재밌는 건 말이야 여기 사람들은 모두 억울하다고 해. 결백을 주장하는 사람도 있고. 내 생각은? 난 아무것도 판단하지 않아.

그는 한동안 벽을 응시했다. 벽을 뚫고 어떤 풍경을 보듯 그의 갈색 눈동자는 좀 더 먼 곳을 향해 있었다.

이야기를 하나 해줄까요? 어떤 사람이 있었습니다. 그는 사수의 운명을 갖고 겨울에 태어났어요. 어려서부터 사냥을 잘했던 이 남자는 살면서 많은 것들을 죽였습니다. 무엇인가를 사로잡아 생명을 빼앗는 일. 좋아하거나 원하지는 않았지만 그는 누구보다 그걸 잘했고 나중엔 그게 일이 되었죠. 그는 뛰어난 사냥꾼입니다. 아무 흔적도 남기지 않았고 맡은 일을 실패한 적도 없지요. 그가 죽인 이들은 기록에 남지 않습니다. 미제이거나 사고로 존재할 뿐이죠. 그가 무엇인가를 노리고 응시하면 무엇이든 쓰러지고 맙니다. 그의 눈은 정확하고 창끝은 날카롭거든요.

그는 잠시 말을 멈췄다가 쓸쓸하게 웃었다.

그런데…… 어느 날부터 그만하고 싶다는 생각이 들었어요.

그리고 고개를 들고 창밖을 봤다.

오늘처럼 눈이 펑펑 내리는 날이었죠. 바깥에 나갔더니 모든 풍경이 하얗게 지워져 있었습니다. 색을 잃고 형상을 잃고 모두 다른 세계로 이사를 떠나듯 텅 비어버린 광경을 보고 있자니 아름답다거나 멋지다는 느낌보다는 관두고 싶다는 생각이 들었다고 해요. 그냥 나도 저렇게 되고 싶다. 무의미한 풍경의 일부분이 되고 싶다. 멈추고 싶다. 지겹고 번거롭고 성가시다. 느끼는 것도, 생각하고 애쓰고 움직이고 그러는 것도 다 지겹게만 느껴지더래요. 방법은 죽음뿐이라는 것을 알았지만 아무도 그를 죽이려는 이가 없었고 누구도 그를 죽일 수가 없었지요. 자기 자신을 죽이는 방법도 있었지만 그는 한 번도 그런 충동이나 허무를 느낀 적이 없었다네요. 그것은 그가 원하는 방식도 아니었죠. 그래서 그는 정당한 방식으로 끝내고 싶다고 결심합니다.

정당한 방식이라…… 무엇에 대한? 죄책감을 씻고 싶었을까?

죄? 그건 아닐 겁니다. 형식이 필요했을 뿐이에요. 그는 죄의식이 없어요. 때문에 죄책감도 느끼지 않습니다.

사람을 죽였는데 죄가 아니라고?

그는 잠시 입을 다물고 몸을 뒤로 기댄 후 생각에 잠겼다. 어떤 말을 천천히 고르듯 소리 없이 입술을 움직였다. 그리고 다시 말을 이어갔다.

인간은 결국 죽습니다. 몸의 한계를 다 사용하면 좋겠지만 대부분 다른 이유로 죽게 되죠. 벼락을 맞을 수도 있고 불어난 강물에 휩쓸릴 수도 있고 폭설에 고립될 수도 있습니다. 성난 곰의 습격을 받거나 하찮은 미생물과 박테리아에 몸을 뺏겨 죽기도 하죠. 자연의 순리에 따라 죽는다고 하는데 그건 생각처럼 평화롭지 않아요. 자연은 변덕이 심하고 불완전해요. 그러나 아무도 자연을 악하다고 하지 않습니다. 자연에겐 살해하려는 의도가 없기 때문이죠. 왜 이런 일이 생겼을까? 도대체 왜? 물을 순 있겠지만 답은 알 수 없습니다. 애초에 이유 같은 게 없거든요. 의도도, 목적도, 없죠. 그러니까 그는 누군가에게 자연 같은 존재입니다. 그는 의도를 품지 않아요. 죽이고 싶어 하는 욕망이 없고 그로 인해 얻는 쾌감도 원치 않아요. 그는 그냥 죽입니다. 그는 미워하는 사람이 없고 사랑하는 사람도 없어요. 따라서 복수도 없고 오해도 없지요. 폭우가, 눈덩이가, 번개가, 곰이, 인간에게 죄책감을 가질 필요가 있나요? 사자는 사슴의 숨통을 끊고서 자신을 만든 창조자에게 용서를 빌지 않아요. 그냥 먹을 뿐입니다. 본성이란 그런 것입니다.

윤은 한동안 아무 말도 할 수 없었다. 궤변에 대응할 마땅한 말을 찾을 수 없었던 것이다. 그역시 별다른 말을 하지 않았다. 침묵이 한 평의방 안에 낮게 깔려 한참 맴돌았다. 윤은 어렵게물었다.

죄가 없다면서 왜 여기 있는 거야.

그는 평소와 다른 얼굴로 윤을 바라봤다. 상기

되어 있었고 조금은 들떠 보였으나 눈은 슬펐다.

아, 이야기일 뿐입니다.

윤은 자리에서 일어났다. 말문이 막혔고 커다란 벽에 가로막힌 듯 가슴이 답답해졌다. 그는 고개를 숙여 인사했다. 윤은 말없이 뒤돌아 밖으로 나갔다. 등 뒤로 문이 닫혔고 윤은 한참 동안 복도에 서 있었다. 손끝이 저렸다. 그의 무연한 눈빛이 문을 뚫고 등을 붙잡고 있었다. 기이한 떨림이었다.

3

어느 날 474번을 만나고 싶다는 여자가 찾아왔
다. 교도소는 공식적으로 접견을 금지한 상태였
다. 국회의원을 죽인 정체불명의 남자의 스토리
를 따내기 위해 기자들은 혈안이 돼 있었고 방송
사 관계자들도 그를 취재하고 싶어 했다. 의혹과
추측이 난무하는 가운데 정치적 음모론이 확산되
고 있었다. 형이 확정되어 수사가 마무리된 사건
이라 할지라도 정부로선 그가 어떤 식으로든 언
론 매체에 다뤄지는 건 부담스럽고 곤란한 상황
이었다. 무엇보다 그가 교도소 내 공식적인 면담
외엔 어떤 만남도 갖지 않겠다고 말한 상태였기

에 현재로서는 여자가 그를 만나는 건 사실상 불가능했다. 접견이 어렵다는 것을 충분히 설명 들었음에도 그녀는 계속 교도소를 찾았고 신청서를 작성했다. 민원실에 들러 신청 명단을 확인하던 윤은 그녀를 주목했다. 이유를 적는 칸에 아무것도 적혀 있지 않았고 수형자와의 관계를 적는 칸도 비어 있었다. 확인할 수 있는 건 신청자의 나이와 이름뿐이었다. 마흔여덟. 신해경.

짙은 카키색 투피스를 입고 고동색 목도리를 돌돌 감아 목과 입을 감춘 여자가 민원실 의자에 앉아 있었다. 얼굴은 창백했고 광대뼈 밑은 움푹 패어 갈색으로 보였다. 관자놀이엔 회색 반점이, 안경테에 눌린 머리는 하얗게 세 있었다. 찬 공기 속에 쓸쓸한 1월 초의 느낌이 섞여 있었고 여자는 한가운데 얼음처럼 앉아 있었다. 그녀는 그렇게 한참 기다리다 돌아갔다. 윤은 그에게 이 사실을 알리지 않았다. 이유를 설명할 수는 없지만 그녀의 존재는 어떤 방식으로든지 그를 자극할 거라는 예감이 들었던 것이다.

세 명의 수형자가 474번의 뒤를 따라다니며 말을 붙였다. 사람을 셋 죽인 무기수가 인사나 하고 지내자며 끈질기게 어이, 어이, 불러댔고 유치원에 불을 낸 방화범은 474번의 왼쪽 어깨를 톡톡 만지며 도대체 왜 그랬냐고, 궁금해서 미치겠다고, 온천에서 국회의원을 죽인 이유를 알려달라 했다. 폭력으로 3년 형을 받았지만 끊임없는 사건 사고로 7년 넘게 교도소에서 복역 중인 사람은 밑도 끝도 없이 조심하라는 말만 반복했다. 474번은 아무 반응을 보이지 않고 담장을 따라 계속 걷기만 했다. 방으로 들어가기 직전 그는 걸음을 멈추고 뒤따라오던 윤을 쳐다봤다.

담당님도 궁금합니까?

뭘?

왜 그랬는지.

빨리 걸어.

윤은 반응하지 않고 그의 팔을 잡아끌었다. 그때 474번이 몸을 가까이 붙여 귓가에 속삭였다.

눈에 호기심이 있습니다.

윤은 물러서라는 의미로 오른손을 들어 손바닥

을 보였다. 그는 뒷걸음질하며 묘한 미소를 지었다.

그런데도 끝까지 묻지 않는군요. 그 점이 마음에 듭니다.

그는 후우, 소리를 내며 길게 숨을 쉬었다. 하얀 입김이 허공에 생겼다 사라졌다.

사람들은 왜 행동엔 이유가 있다고 생각하는 걸까요. 말하는 것도 듣는 것도 번거롭기만 하네요.

윤은 474번을 방에 집어넣고 문을 닫았다.

행동엔 이유가 있기 마련이니까. 네가 이유가 없다고 주장하더라도 난 그 말 믿지 않아.

그는 손에 묻은 먼지를 툭툭 털어낸 뒤 바닥에 앉았다.

담당님 사람 헷갈리게 하는 스타일이시네요. 과묵한지 똑똑한지 모르겠어요.

죄인이냐고? 죄를 지었으니까 죄인이지. 사람을 그렇게 많이 죽여놓고 죄인이냐고 묻다니. 나랑 놀자는 거야, 아니면 사건에 대해 말하고 싶은 거야. 윤은 그렇게 말하고 싶은 걸 삼키고 무심한 표정을 짓고 돌아섰다.

담당님.

그는 왼손으로 오른손 엄지를 만지작거렸다. 뭔가에 긁힌 듯한 가늘고 희미한 붉은 줄. 그는 미간을 찌푸리고 난감한 표정을 지었다.

다쳤네요. 연고와 반창고 좀 갖다주세요.

살짝 긁혀 상처라고도 할 수 없는 작은 흔적을 치료하겠다는 요구에 윤은 짜증이 나려는 걸 꾹 참고 고개를 끄덕였다. 474번은 유독 상처에 예민하게 반응했다. 작은 멍이나 피부가 살짝 쓸려 붉게 변한 것에도 민감하게 굴었다. 입소 첫날 요오드액을 달라고 했을 때도 큰 상처라도 난 줄 알았는데 복숭아뼈 근처 피부가 살짝 벗겨진 거였다.

의무사무관 강은 윤의 손에 반창고와 거즈, 포비돈과 겔 형태의 연고를 올렸다.

퓨시드산나트륨, 센텔라아시아티카, 헤파린나트륨. 이것들이 뭔지 알겠어?

윤은 의아한 얼굴로 강을 봤다.

연고에 들어가는 성분들 이름이야. 474번은 그것들을 각각 구분할 수 있어. 보름 동안 다섯 번이나 의료동에 와서 일일이 성분을 말해가며 상처에 맞는 약을 타 갔어. 이상하지 않아? 하루에 열둘을 죽인 남자가 자신의 몸에 난 상처는 엄청 신경 쓰는 게?

강은 윤의 팔목을 잡아끌어 의자에 앉히고 서랍을 열어 사건을 분석한 전문가 소견과 부검 결과를 꺼냈다.

이런 거 본 적 있어? 이놈은 초보가 아니야. 주저하거나 고민한 흔적이 없어. 우발적인 것도 아니고 감정적이지도 않았어. 그냥 여기에서 저기로 상자를 옮기듯 순서에 따라 진행된 살인이야. 윤 교사, 이놈 조심해야 해.

윤은 한참 그걸 뒤적거리며 살펴보다가 중얼거렸다.

조심하고는 있는데, 생각보다 착실해요. 모범수랄까?

모범수, 라고 말하고 그렇게 말한 게 우스워 윤은 피식 웃었다. 강은 어이가 없다는 듯 따라 웃으며 윤의 어깨를 툭 쳤다.

　가. 모범수 약 발라줘야지.

　윤은 474번의 방으로 가지 않고 관리실로 들어
갔다. CCTV 화면 속의 남자는 꼿꼿이 허리를 펴
고 앉아 벽을 바라보고 있었다. '그는 고도로 훈
련된 자입니다.' 문득 떠오른 수사관의 말. 형이
확정되고 구치소에서 교도소로 이감되기 하루 전
날 교도관 전체 회의에서 이례적으로 새로운 수
형자에 관한 브리핑이 있었다. 수사관이 사건과
피의자에 대해 설명했고 정부 쪽 인사 몇몇이 정
치적 이슈와 맞물린 사건이라 특별히 언론과의
접촉을 차단해달라고 요청했다. 다른 교도관들이
피의자의 살해 방식과 잔인함에 반응할 때 윤의
관심은 다른 곳에 있었다. 왜 잡혔을까. 왜 항소
도 없이 1심에서 사형을 받아들였을까. PPT 화면
을 넘기며 수사관은 말했다. 그가 사용한 권총은
마음만 먹으면 러시아 선원들을 통해 어렵지 않
게 구할 수 있는 마카로프의 구형 모델입니다. 9
밀리미터 탄알이 아홉 발 들어가는데 그는 이 탄

알을 모두 사용했어요. 총상으로 죽은 사람은 아홉 명입니다. 한 발에 한 명씩 죽였다는 것이죠. 샤워기 앞에 서 있던 자들은 뒤통수를, 의자에 앉아 있던 사람은 관자놀이를, 탕 안의 사람들은 이마에 총을 맞았습니다. 피의자는 빠르게 방아쇠를 당겼고 그 과정 중에 일말의 망설임도 없었습니다. 희생자들 역시 예상할 수 없었거나 알았다고 해도 어떤 대응을 하기도 전에 당한 겁니다. 그가 사용한 나이프는 파키스탄에서 제작된 제품인데 특별한 살상 무기는 아닙니다. 도검 소지 허가증이 없어도 누구나 쉽게 구입할 수 있어요. 그런데 이것으로 세 명을 죽였어요. 희생자들은 모두 턱 밑에 좁고 깊은 자상이 있었습니다. 경동맥이 절단됐어요. 한 명은 저항의 흔적이 있습니다. 오른쪽 발목과 뒷목에 타박상이 있고 왼쪽 어깨뼈가 탈골되어 있습니다. 아마도 저항하는 희생자들을 피의자가 제압한 것 같은데 타격을 입은 부위 모두 급소와 관절이에요. 피의자는 격투에 능합니다. 빠르고 경제적인 방식으로 살인을 합니다. 수사관은 이 대목에서 잠시 말을 멈추고 중얼거렸다. '이렇게 사람 죽이는 게 쉬운 게 아닙니다.' 윤은 474번이 보고 있는 평평하고 흰 벽을 쳐다봤다. 그의 시선은 가까운 곳에 머물고 있지만 정작 그가 보고 있는 것은 벽 너머인 것 같았다. 뭘 보고 있는 걸까? 무슨 생각을 하는 걸까? 윤은 그를 향해 조용히 말했다.

헤이. 넌 누구야?

474번의 담당 교무관으로 결정됐을 때 내색하지 않았으나 윤은 내심 기뻤다. 호기심을 잔뜩 빨아 마신 마음 뿌리가 붉게 물들어 있었다. 애썼다. 알아내려 하지 않으려 애썼고, 관심 없는 척하려 애썼다. 거리를 유지한 채 기다렸다. 기다림. 그것은 윤이 스스로 잘한다고 믿는 유일한 특기였다. 적당한 압력으로 눌러 더는 앞으로 걸어가지 못하는 개미의 떨림이 멈추기까지, 어째서인지 저수지에 빠진 박새 한 마리가 날개를 퍼덕이다 얇은 두 다리를 쭉 뻗고 더는 움직이지 않을 때까지, 잠자코 기다렸다. 겨울 새벽 인적이 드문 국도를 지나다 차에 치인 개가 더운 입김을 뿜고 서서히 잠들어가는 모습을 기다린 적도 있었다. 무표정한 얼굴로 쪼그리고 앉아 생명이 꺼져가는 모습을 차분하게 지켜보는 것. 윤은 그것을 잘했다. 스스로는 좋아하지 않는다고 믿으며, 그것은 선한 일은 아니지만 결코 악한 일도 아니라고 스스로를 정당화하며, 기다리고 지켜봤다. 누군가 몰락하는 풍경을, 누군가의 비밀이 어떤 이유로 인해 탄로 나는 모습을, 후회와 절망으로 무너져 침 흘리며 우는 모습도 지켜봤다. 직접적으로 엮이지 않고, 인과에 참여하지 않고, 그러나 완전히 무관하지도 않은 거리에서 그것을 지켜볼 수 있도록 윤은 언제나 적당한 거리를 찾아냈고 선 앞에 서 있었다. 어떤 이는 윤을 사악하다 했고 어떤 이는 윤을 무섭다고 했지만 대부분은 윤을 깔끔하고 합리적인 사람이라 좋아했다. 윤은 474번의 내면을 훔쳐보고 싶었다. 그리고 죽을 때까지 지켜보고 싶었다. 내 쪽에서 넘어가지 않겠다. 네가 넘어와야 한다. 아무것도 묻지 말자. 스스로 말하게 해야 한다. 좋은 사람인지 나쁜 사람인지 알 수 없게 해야 한다. 친절한지 냉정한지 판단할 수 없게 적당하게 웃고 적절할 때 웃음을 거둬들여야 한다. 희미한 어둠을 유지하고 새벽일지 저녁일지 알 수 없도록 해야 한다. 호기심을 감춰. 약점을 보이지 마. 곁에 있어주되 친구인지 적인지 확신할 수 없어야 해. 조급함을 버리고 불안을 삼키고 입을 열지 마. 다가올 거야. 확인하려 들 거야. 고개를 숙이고 냄새를 맡으러 킁킁거리며 몸을 낮추고 기어 오게 될 거야. 그리고 말하겠지. 제발, 말을 걸어주세요. 무엇이든 물어봐주세요. 모든 걸 고백할게요. 그러나 이번엔 다르다. 기다리는 게 쉽지 않다. 조급함에 손끝이 떨리고 심장이 터질 것만 같다.

474번은 일주일에 한 번 있는 목욕 시간을 충분히 사용했다. 강하게 쏟아지는 뜨거운 물줄기 아래 오랫동안 서 있었고 딱딱한 비누를 문질러 충분히 거품을 내 몸 구석구석을 닦아냈다. 겨드랑이와 발가락 사이사이 꼼꼼하게 물기를 닦아냈고 마지막엔 손발톱을 깎았다. 그의 몸엔 흉터가 많았다. 주로 팔과 어깨에 많았다. 그것들이 너무 많아 언뜻 보면 추상화를 문신으로 새겼나 싶을 정도였다. 아주 작은 상처도 꼼꼼하게 바느질한 흔적들이 많았다. 배에도 두 군데 정도 상처가 있었는데 그 역시 바느질한 흔적이 있었다. 수건으로 머리의 물기를 닦아내는 뒷모습을 향해 윤은 묻는다.

찾아올 가족은 없어?

그는 수건을 목에 걸고 힐끗 뒤를 돌아봤다.

없어요.

부모 있을 거 아냐?

그는 연고를 소량 짜내 엄지 끝에 부드럽게 펴 발랐다.

없어요. 고아랍니다.

아니, 고아도 부모는 있잖아. 돌아가신 거야?

한 발 들어간 윤은 474번의 표정과 눈동자에 서린 서늘한 광기를 봤다. 그러나 윤은 한 발 더 들어갔다.

그럴 일은 없겠지만 형이 집행되기라도 한다면.

한 호흡 쉬고 말하는 윤의 음성은 끝으로 갈수

록 희미하고 은밀해졌다.

연락할 사람은 있어야 할 것 같아서.

그는 손으로 머리를 툭툭 털어내며 한 발 한 발 윤에게 다가왔다. 윤은 부드러운 미소를 머금고 흔들림 없이 서 있었다. 한 뼘 앞으로 다가선 살인자에게서 오이비누 향이 났다.

없어요. 죽는다면 제가 마지막으로 만나게 될 사람은 담당님이 될 겁니다.

윤은 그의 음성에서 차가운 얼음으로 뒤덮인 뜨거운 노여움을 읽어냈다. 그는 완벽한 통제력과 광기를 동시에 보여주고 있었다.

알려줄 게 있어.

윤은 잠시 침묵했다가 말을 이었다.

보름 전부터 한 여자가 접견 신청서를 작성하고 있어. 불가하다고 알려줬는데도 같은 일을 반복한다고 해서 혹시 어떤 관계인가 싶어 물어봤던 거야. 나이도 꽤 있어 보이던데. 뭐, 건수 올려보려는 기자나 되겠지.

그의 눈이 순간 흔들렸다. 시종일관 총명하게 빛나던 눈빛이 갑자기 흐려졌다. 순간적이지만 설렘의 빛으로 일렁이다 곧바로 경멸의 빛을 띠었다. 다른 사람이었으면 포착하지 못할 정도의 흔들림이었으나 윤은 그가 당황했다는 것을 알았다. 오랫동안 연습하고 학습된 방식으로 평상심을 유지했지만 윤은 느꼈다. 동요하고 있다는 것을. 그는 소리 나지 않게 숨을 몇 번 내쉬고 한 글자씩 또박또박 말했다.

찾.아.올.사.람.없.어.요.

알겠어.

윤은 세탁된 수형복을 바닥에 내려놓고 그 위에 반창고를 올렸다. 윤은 마지막 한마디를 입안에 넣고 굴리고 있었다. 얼음처럼 차가워 오래 담아둘 수 없는 말. 언젠가는 내뱉고야 말 이름.

신해경.

4

간밤 첫눈이 왔다. 11월 13일의 첫눈은 이른
가, 늦은가. 그러고 보니 그날도 11월이었지. 해
경은 펼쳐지려는 기억을 억제하려 스위치를 끄듯
눈을 감고 한참 있다가 서서히 떴다. 고개를 돌려
탁자 위에 놓인 시계를 확인했다. 실루엣으로 뭉
개지는 방. 선명하게 보이는 것이 없다. 베개 위
로 손을 올려 더듬더듬 안경을 찾아 쓰고 다시 시
계를 본다. 일곱 시 15분. 잠들기 직전까지 확인
했던 시간은 새벽 다섯 시 55분이었다. 한 시간
남짓한 짧은 잠. 해경은 자신의 마음이 뒤집어졌
다는 걸 인정했다. 대부분의 근심 걱정은 자고 나

면 사라지거나 별것 아닌 것이 되어 있기 마련인데 그렇게 넘어갈 수 없는 종류의 일이 발생한 것이다. 잠을 설쳐본 게 얼마 만인가. 두려움에 마음을 죄어본 적이 언제였던가.

여느 때처럼 세수를 하고 자리에 누웠다. 잠이 오지 않았다. 정체불명의 감정이 발끝에서부터 목덜미까지 빠르게 올라오는 게 느껴졌고 이윽고 어지러워졌다. 해경은 통증을 모르지만 지금 느껴지는 이 무겁고 어지러운 혼란이 두통의 증상이라는 걸 깨달았다. 해경은 무릎을 꿇고 머리를 감싸 안은 채 어지러움이 사라지길 기다렸다. 화장실로 달려가 세면대 앞에 서서 찬물을 틀고 수건을 적신 뒤 얼굴에 댔다. 새벽 한 시. 냉장고를 열어 두부를 꺼내 일정하게 썰어 계란 물을 입혀 뜨거운 프라이팬에 구웠다. 양푼에 물을 받아 콩을 집어넣고 30분간 그 앞에 팔짱을 끼고 서서 불기를 기다린 뒤 삶고 간장을 넣어 조렸다. 가스레인지 앞에 서서 타르처럼 끈끈하게 변해 검은 거품이 이는 간장을 바라봤다. 건조대의 옷들을 네

모반듯하게 개고 차곡차곡 쌓아 올린 뒤 절반쯤 어둠에 잠긴 방을 바라봤다. 가구는 없고 모든 물건이 탑처럼 쌓아 올려져 있다. 책의 탑. 티셔츠의 탑. 바지의 탑. 주방 안쪽엔 라면 박스들이, 그 위엔 참치 통조림과 스팸 통조림이 보기 좋게 쌓여 있다. 벌어진 커튼 틈으로 노란 가로등이 보이고 날벌레 같은 눈이 휘날리고 있었다. 새벽 네 시. 해경은 자리에 누웠다. 두 팔을 올려 한 손으로 이마를 가리고 다른 손으론 눈을 가렸다.

정신이 아득하게 젖어드는 비몽의 순간 해경은 깜짝 놀라 상체를 반쯤 일으켜 세우고 왼발 끝을 봤다. 엄지발가락 옆에 네 개의 까만 발가락이 흐물흐물 흔들리고 있었다. 어둠으로 만들어진, 그러나 만질 수는 없는 모종의 형상. 그것들은 가벼운 연기 같고, 투명한 그림자 같고, 끔찍한 악령 같았다. 해경의 기억을 열고 사나운 바람이 분다. 눈보라가 몰아친다. 무릎까지 쌓인 눈 속을 푹, 푹, 찌르며 걷는 해경의 두 발. 날카로운 두 자루의 칼처럼 푹, 푹, 찌르며 감정을 파고드는 두 개의 눈동자.

　골목에 나갔다. 누추하고 낡은 건물과 사물들이 눈에 덮여 하얗게 변해 있었다. 거리엔 아무도 없다. 차가운 바람 속에 음식물 쓰레기 냄새와 희미한 향내가 났다. 어느 집에서 향을 피우는가. 해경은 고개를 돌려 주변을 둘러봤다. 굳게 닫힌 문들은 죽은 동물의 감은 눈처럼 고요하고 슬퍼 보였다. 가로등 밑을 봤다. 동그랗게 한 곳만 눈이 쌓이지 않았고 주변엔 무수한 발자국이 찍혀 있었다. 쌓인 눈을 밟고 다시 쌓인 눈을 밟아 생긴 둥글게 젖은 자리. 어젯밤. 계단을 올라가기 전 누군가 자신을 지켜보고 있다는 느낌에 뒤를 돌아봤다. 누군가 가로등 밑에 서 있었다. 고개를 숙이고 있던 그가 고개를 서서히 들자 해경은 고개를 돌렸다. 그리고 아무 일도 없다는 듯 계단을 올라갔다. 그렇게 밤이 지나고 저녁이 지나고 새벽이 지나고 아침이 왔다. 그 사람이 여전히 거기에 서 있으리라 기대한 것은 아니었으나 그가 없으니 마음이 이상했다. 안심이 되면서도 서운했고, 두려우면서도 기뻤다. 도대체 어떻게, 도대체 어쩌자고, 이제 와서 왜. 이런 생각들이 해경의 마음을 어지럽혔다. 그러면서도 마음 깊은 곳에서 시작된 얼룩이 점점 크고 넓어지고 있다는 걸 알았다. 그동안 어떻게 지낸 걸까. 땅속에 파묻어버린 파이프에 균열이 가고 있다. 뜨거운 물과 증기가 이 땅을 적시고 적셔 기어이 무너뜨리리라.

그리고 다음 날. 해경은 티브이를 통해 그 사람을 만났다. 코끝에 안경을 걸치고 퍼즐을 맞추던 해경은 손에 들고 있던 퍼즐을 자신도 모르게 꽉 움켜쥐고 일어섰다. 우두커니 서서 뉴스를 보고 또 봤다. 붉은 커다란 글씨의 특보로 보도되는 충격적인 사건. 경찰에게 양팔을 제압당한 채 모자도 마스크도 쓰지 않고 무심하게 걸어가는 남자. 그를 둘러싸고 소리를 질러대는 사람들의 무서운 표정. 미스터리라고 말하는 사건과 예측되지 않는 살해 동기가 무엇인지 해경은 알 것 같았다. 해경의 입술 사이에서 피가 흐르기 시작했다. 자신도 모르게 입안의 살점을 물어뜯은 것이다. 투

두둑 떨어지는 피가 턱을 타고 흘러내려 셔츠를 적실 때까지 해경은 몰랐다. 해경은 서둘러 거즈를 입속에 집어넣고 입술을 다물었다. 해경의 눈이 붉게 물들어갔다.

해경은 여느 때처럼 가게 문을 열었다. 내부는 서늘하고 어두웠으며 종이 냄새와 토너 냄새가 났다. 해경은 등받이가 없는 둥근 나무 의자에 앉아 오랫동안 생각에 잠겼다. 몇몇 사람들이 들어왔지만 가게에 불도 켜지지 않고 인쇄기의 전원이 들어와 있지 않은 걸 확인하고 발길을 돌렸다. 어떤 사람이 영업을 하는 거냐 마는 거냐 따지다 마침내 크게 소리치기까지 했지만 해경은 아무것도 들리지 않는다는 듯 바닥에 둔 시선을 거두지 않았다. 그렇게 한 시간쯤 흘렀다. 해경은 컴퓨터를 켜고 문서창을 열었다. 빠르게 한 문장을 써서 인쇄했다. 해경은 기둥에 붙은 작은 거울로 자신의 얼굴을 구석구석 살폈다. 눈동자를 확인하고 고개를 왼쪽 오른쪽으로 돌려 귀와 뺨을 확인했다. 손가락을 구석구석 살핀 뒤 입을 크게 벌려 안쪽을 살폈다. 왼쪽 살점이 크게 한 점 떨어져 하얗게 변색된 채 너덜거렸다. 해경은 검지로 연고를 찍어 입안에 듬뿍 발랐다. 해경은 가게 문을 닫고 자물쇠로 걸어 잠근 뒤 인쇄한 종이를 붙였다.

임시휴업.

무엇이 그를 자극한 걸까? 윤은 복도에 서서 그가 불안하게 서성이는 모습을 지켜봤다. 아침식사는 손도 대지 않았다. 무엇인지 알 수 없지만 그것이 신해경과 관계된 것은 확실하다.

왜 밥을 안 먹어?

그는 대꾸하지 않고 창밖을 바라봤다. 윤은 모른 척하며 이미 여러 번 거절 의사를 밝혔던 심리 치료와 정서 치료 프로그램을 소개하고 다시한 번 참여를 권유했다. 그는 아무 소리도 들리지 않는다는 듯 담장에 쌓인 눈이 햇빛 속에서 눈부시게 반짝이는 걸 지켜봤다. 산란한 빛. 반짝이는 깜빡깜빡. 문득 기억 깊숙한 곳에 파묻혀 있던 옛집이 떠올랐다. 아무렇게나 바른 시멘트 사이사이로 깨진 유리가 박혀 있던 담벼락. 해 질 무렵 그것이 검게 변할 때 큰 개가 입을 크게 벌리고 있는 것처럼 보이던 그 집. 그는 기억을 지워버리려는 듯 의식적으로 고개를 젓고 입을 열었다.

담당님. 삶의 작은 비밀을 지키려는 건 본능입니다. 누군가 그걸 강제로 엿보려고 하면 공격할 수밖에 없어요. 왜냐고 묻고 싶으시겠죠. 그건 답할 수가 없어요. 답이 없습니다. 본능이거든요. 의지의 문제가 아닙니다. 그러니까 담당님. 궁금하시다는 것 잘 압니다. 나도 담당님이 호기심에 이끌려 서서히 다가오는 거 좋아요. 재밌기도 하고요. 그런데 각오하셔야 합니다.

그는 천천히 뒤를 돌아본 뒤 윤의 눈을 바라봤다.

아시겠습니까?

윤은 그 눈을 마주하자 얼어붙듯 아무것도 하지 못했다. 그가 표정을 바꾸며 말했다.

지금도 그 여자가 찾아옵니까?

윤은 예상치 못한 그의 질문에 당황해하며 말을 더듬었다.

그, 글쎄…… 확인해봐야겠지만 찾아오는 것으로 알고 있어.

만나겠습니다. 그리고.

그는 바닥에 놓인 식판을, 구체적으론 어묵과 맛살을 섞어 볶은 반찬을 손으로 가리켰다.

맛살은 먹고 싶지 않아요.

그는 혐오와 분노가 반쯤 섞인 표정으로 침을 뱉듯 말했다.

비려.

강화 플라스틱 창을 사이에 놓고 해경과 474번이 앉아 있다. 윤은 접견실 바깥 창문으로 그들을 지켜보았다. 해경은 최대한 창에 가까이 달라붙어 있고 그는 최대한 상체를 뒤로 빼고 앉아 고개를 오른쪽으로 비틀고 시선을 아래로 두고 있었다. 해경은 일어서서 그의 얼굴을 구석구석 살폈다. 해경은 자리에 앉아 두 손을 잡고 한동안 가만히 있었다. 무슨 말을 꺼내야 할지 말을 고르는 눈치였다.

뭘 어떻게 해야 할지 몰라 찾아왔어.

그는 꼼짝도 하지 않는다.

잘 지냈니?

바닥에 고정되어 있던 시선이 서서히 해경에게 향했다. 눈동자는 차분하고 고요했다. 하지만 해경의 눈에는 그 속을 꽉 채우고 있는 핏물이 보였다. 끓는 물처럼 부글부글 거품을 내며 열을 내고 있다. 해경이 말했다.

왜 그냥 갔어? 그날 왔지? 밖에…… 너였지?

어떻게 날 찾아올 생각을 한 거죠?

그는 탁자 위에 놓인 손을 돌덩이처럼 움켜쥐고 쿵, 내리쳤다. 접견실 담당관이 자리에서 일어섰다. 윤은 손을 들어 괜찮다고 조금만 더 지켜보자고 했다. 그는 호흡을 가다듬고 음성을 꾹꾹 눌러 말했다.

왜 그냥 돌아간 줄 알아?

해경은 아무 말도 하지 않았다.

만났으면…… 마주쳤으면…… 죽였을 거야.

그는 흥분을 이기지 못해 숨을 몰아쉬며 이마를 플라스틱 창에 대고 중얼거렸다.

나 봤잖아. 내가 밖에 있는 거 봤잖아. 그런데

모른 척했어. 그때처럼 또 날 버렸어.

해경은 창에 이마를 붙이고 기대어 힘없이 늘어져 있는 작고 둥근 머리를 쓰다듬었다. 그러나 딱딱한 플라스틱만 손에 잡힐 뿐이었다. 해경은 자리에 앉아 허리를 꼿꼿이 펴고 냉정한 목소리로 말했다.

잘 들어. 사형은 집행되지 않을 거야. 착실하게 잘 지내기만 하면 언젠가 가석방이 될지도 몰라. 그러니까.

그가 말했다.

누나.

누나, 라는 말에 해경은 순간 숨을 쉴 수 없었다. 속에서 뭔가 치고 올라와 터지려는 걸 가까스로 참으려 주먹을 꽉 움켜쥐었다.

응.

내가 죽을까봐 걱정돼?

당연하지. 난 네 누나잖아.

그는 자리에서 일어나 뒤를 돌아보며 교도관에게 접견이 끝났다는 신호를 쳤다. 그가 접견실에서 사라질 때까지 해경은 손을 흔들었다. 누나라고? 왼쪽 다리를 미세하게 절며 접견실을 빠져나가는 해경의 모습과 평소와 달리 발소리를 쿵쿵 내며 걸어가는 그의 모습을 윤은 번갈아 바라봤다.

해경은 느린 걸음으로 천천히 교도소 밖으로 나갔다. 한참을 걷다 우두커니 서서 주위를 둘러보았다. 낡은 집들과 오래된 상점들이 차가운 바람 속에 황량하게 서 있었다. 잎이 없는, 그래서 죽은 것처럼 보이는 나무들은 바람 속에서 꿈쩍도 하지 않았다. 해경은 추위 한가운데 몸을 웅크리고 버스 정류장의 주황색 플라스틱 의자에 앉아 온몸으로 냉기를 느꼈다. 정신이 아득했지만 잠시나마 어지러움이 느껴지지 않았다.

5

나는 통증을 느끼지 못합니다.

입안에 난 상처에 연고를 바르던 그는 문밖에 선 윤에게 말했다. 윤은 그것이 무슨 말이냐고 묻는 듯한 눈으로 그를 봤다. 그는 고개를 왼쪽 오른쪽으로 돌리고 손가락을 펼쳐 마디 사이사이를 확인했다.

말 그대롭니다. 유전자 돌연변이로 인해 고통을 뇌로 전달하는 신경섬유가 발달하지 못해 생긴 질환이에요. 선천성 무통각증이라고도 부르던데 정확한 병명은 몰라요. 흔치 않은 경우라 담당님도 앞으로 더 들어볼 일은 없을 겁니다.

윤이 무슨 말을 해야 할지 몰라 말을 고르고 있
자 그가 부드럽게 미소 지으며 말했다.

제가 자꾸 약을 달라고 하니까 담당님이 귀찮
아하시고 짜증을 내시는 것 같아 말씀드리는 거
예요.

짜증이라니…… 그렇지 않아. 그나저나 신기하
네. 그런 병이 있는 줄 몰랐어. 그걸 병이라고 해
야 해? 편할 것 같은데? 아프지도 않을 거고. 계
속 진통제를 먹고 있는 것과 같은 거잖아.

그럴 것 같습니까?

그는 잠시 말을 멈추고 창밖을 바라봤다. 오전
부터 먹구름이 끼어 어두웠는데 한 시간 전부터
눈이 내리고 있었다.

저는 눈밭에서 맨발로 서 있을 수 있습니다. 불
속을 걸을 수도 있죠. 아무 생각 없이 뭔가를 씹
어댔는데 꺼내고 보니 입안의 살점이거나 혀였
던 적도 있어요. 팔이 부러져도, 뼛조각이 근육을
찢어대는데도 모릅니다. 현기증이 생기기 전까
진 피가 흘러도 모릅니다. 그래서 좋은 건 두려운
것이 없다는 것이고 나쁜 건 잠이 든 사이 의식

도 없이 죽을 수 있다는 거죠. 그래서 누나는 어
릴 때부터 항상 몸을 살피는 습관을 들이도록 교
육시켰어요. 알몸으로 거울 앞에 서서 몸 구석구
석을 살피고 입을 벌려 상처가 있는지 확인해야
했죠. 몸에 열이 나거나 갑자기 땀이 나면 어딘가
감염이 된 겁니다. 전 몇 번이고 통증이라는 걸
모른 채 죽을 고비를 넘겼지요. 힘들거나 아픈 적
은 한 번도 없었어요. 걱정하는 누나의 얼굴과 때
론 분노하는 얼굴을 보면서 내가 뭔가를 잘못했
다는 것을 아는 정도였죠. 누나도 같은 증상을 갖
고 있습니다. 우리는 거울처럼 서서 서로의 몸을
살펴보며 여기저기에 연고를 바르고 반창고를 붙
여줬죠.

그 이야기를 할 때 그의 얼굴은 행복해 보였다.
수줍은 소년의 것처럼 붉고 아름다웠다.

담당님. 가족이 있냐 물으셨죠. 실은 누나가 한
명 있어요.

그는 입을 다물고 어두운 눈으로 벽을 응시했
다. 턱 근육이 꿈틀꿈틀 움직였다.

그런데 가족이 없다는 말은 거짓이 아니었어

요. 누나가 날 버렸거든요. 담당님은 제가 죄인이라고 하셨죠. 사람을 죽였으니까 나쁜 일이라고 하셨죠. 압니다. 그게 나쁜 일이라는 것을. 그러나 제가 사람을 죽인 것보다 누나가 동생을 무서워하는 게 훨씬 더 나쁜 일이라고 생각됩니다.

그는 입술을 힘주어 다물었다. 워낙 강하게 입술을 맞물어서 입술이 하얗게 변했고 순간 입가에 피가 흐르기 시작했다. 윤은 다급하게 휴지를 뜯어 그의 입가에 갖다 댔다.

어떻게 동생을 무서워할 수가 있죠? 사랑하는 사람의 눈이 두려움과 공포가 깃들면 나 자신이 괴물처럼 느껴집니다. 존재하면 안 될 것 같은 끔찍한 기분을 느끼게 되는 거예요.

얼마 전 접견 왔던 사람이.

아뇨.

그의 얼굴이 급격하게 창백해졌다.

누나는 죽었어요.

뭐? 참여하겠다고?

그동안 교화 프로그램에 계속 회의적인 태도를

보였던 474번이 심리 치료와 상담 치료를 받겠다고 하자 소장은 화색을 띠며 좋아했다. 그동안 언론의 관심과 정치권에서의 압박에 골치가 아프던 차였다. 심지어 큰 살인 사건이 생길 때마다 고개를 드는 사형 집행의 찬반 논란이 거세게 일고 있는 터라 죄인을 수용하고 있는 교도소의 입장이 곤란할 수밖에 없었다. 하지만 수형자가 죄를 인정하고 교화 의지를 적극적으로 피력하면 교도소 측에서도 명분이 생기게 된다. 소장은 손바닥으로 배를 통통 때리며 말했다.

새끼. 센 척하더니 이제 살고 싶은가 보네. 윤! 잘했어. 이참에 확실하게 기 죽여놔. 박 교감은 정서 치료할 사람 좀 알아봐.

박은 기다렸다는 듯 답했다.

안은석 목사 어떻습니까? 다른 종교인들은 거부감이 들 수 있지만 안은석이라면 474번도 마음을 열고 말 잘 들을 것 같은데요. 그…… 뭐냐. 비슷한 경험을 갖고 있는 사람들끼리만의 유대감이랄까.

최가 미간을 찌푸렸다.

아니, 무슨 안은석입니까? 이목이 집중된 사안

에 전문가를 불러야죠. 그런 야매는 잡범들에게나 붙여요. 박 교감님 무슨 생각으로 그러는지는 알겠는데요, 이건 아닙니다.

윤은 팔짱을 끼고 선배 교도관들의 대화를 듣고만 있었다. 안은석은 박 교감 블로그에 자주 등장하는 사람이다. 그는 폭행과 술 문제로 자주 경찰서를 들락거리다가 이웃을 찌르고 충동적으로 아내를 목 졸라 죽여 12년 형을 받았다. 교도소에서 종교를 갖고 회심하여 출소 후 목사 안수까지 받은 그야말로 교화 프로그램의 산증인이라고 할 수 있다. 심지어 목사가 된 후 정기적으로 교도소를 방문해 수형자들을 만나 그들의 이야기를 들어주고 새로운 삶을 살 수 있도록 노력하는 개과천선의 전형적인 모델인 것이다. 박은 자신의 신념과 이상에 정확하게 부합되는 안은석을 블로그에서 자주 소개했고 언론 인터뷰에서도 자주 언급했다. 안은석이 적합하냐는 논쟁을 듣는 동안에도 윤의 정신은 온통 474번의 의도를 파악하는데 팔려 있었다. 무슨 속셈일까. 누나라는 자를 만나 갑자기 삶의 의지가 생긴 걸까? 소장은 최 교위와 박 교감의 논쟁을 따분한 표정으로 지켜보다가 의자를 뒤로 밀며 일어났다.

그냥 안 목사 불러. 잘 구슬려서 세례나 받게 해. 죽기 전까지 성경이나 쓰라지.

안은석은 474번을 만나자마자 힘을 주어 악수하고 크게 흔들었다. 자리에 앉으려던 그의 어깨를 붙잡고 힘껏 껴안기까지 했다. 그는 속을 알 수 없는 묘한 표정으로 잠자코 목사가 하는 대로 내버려뒀다. 몸에 맞지 않는 커다란 감색 양복을 위아래로 맞춰 입고 붉은 넥타이를 단단하게 맨 왜소한 남자의 목소리는 높고 말은 빨랐다. 말끝마다 '했겠어요, 안 했겠어요'라는 식의 답을 요구하는 화술을 구사했다. 가령 '하나님은 형제님을 사랑하시겠어요, 안 사랑하시겠어요?' '오늘밤 당장 죽는다면 형제님께서는 천국에 갈 수 있겠어요, 없겠어요?' 게다가 틈만 나면 손을 뻗어 그의 손을 잡으려고 했다. 그는 침착하게 그 말을 다 들었고 간혹 짧게 대답도 했지만 손은 잡지 않았다. 의자에 앉아 면담을 말없이 지켜보는 윤은 안 목사가 말하는 방식에 짜증이 나 인상을 찌푸렸다. 반면 박은 안 목사가 무슨 말만 하면 그렇군, 그렇군, 하며 맞장구를 쳤고 저급한 농담에도 손뼉을 치며 웃어댔다. 474번은 박의 왼뺨을 유심히 바라봤다. 시선을 느낀 박이 뺨에 난 붉은 사마귀를 손가락으로 만지작거리며 말했다.

이거? 사마귀야.

그리고 두 팔을 사마귀의 앞발처럼 만든 뒤 474번의 코앞까지 다가와 어흥, 하고 소리친 뒤 그의 어깨를 가볍게 두드렸다.

농담이야. 농담.

그는 웃지 않았고 대꾸도 하지 않았다. 안은석은 면담이 잘되고 있다는 느낌에 신이 나서 교도소에 있을 때 자신이 겪은 경험담과 수형자들끼리 있었던 크고 작은 사건 같은 것들을 두서없이 떠들어대기 시작했다. 그리고 자신의 지난 삶을 반성하고 회개해서 얻은 참기쁨에 대해 감격스러운 어조로 고백하기 시작했다. 474번은 손가락으로 탁자 모서리를 어루만졌다. 사로잡은 갑충의 머리와 등을 쓰다듬듯 부드럽고 섬세하게.

하나님은 절대로 실수하지 않으십니다. 그분은 위대하고 우리처럼 벌레만도 못한 존재들의 머리카락 개수까지 알고 계시니까요.

그런가요?

묵묵히 안 목사의 말을 듣고 있던 그가 무심한 목소리로 반박했다.

아닌 것 같아요?

신은 인간을 만들었죠?

그렇습니다.

유다라는 사람도 신이 만들었죠.

그렇죠.

그런데 그 사람에겐 이렇게 말했어요. '그 사람은 차라리 태어나지 아니하였더라면 제게 좋을 뻔하였느니라.' 창조자가 피조물에게 그렇게 말할 수 있나요? 문제가 있다면 잘못 만든 창조자의 책임 아닌가요?

그걸 그렇게 해석하면 곤란합니다. 가룟 유다는 예수님을 배반한 사람이에요. 사탄 중의 사탄이라고요.

그런가요? 이해가 안 되네요.

안 목사는 허허, 웃으며 그의 어깨를 장난스럽게 툭툭 건드렸다.

이 친구 성경 좀 읽었네. 그런데 그런 식으로 잘못 읽으면 사탄의 간계에 빠지게 되는 거야. 그러니까 늘 깨어 기도하고 기도해야 하는 거야.

그런가요?

그는 턱을 괴고 중얼거렸다.

기도. 나도 해봤어요. 그런데 궁금해요. 왜 신은 늘 조용하죠? 왜 나만 말해야 해요?

주님의 음성은 그렇게 듣는 게 아니야.

그럼 어떻게요?

기도하고…….

안 목사는 그렇게 말해놓고 스스로도 민망한지 웃었다. 474번도 따라 웃었다. 윤은 그가 웃는 모습을 처음 봤다. 왼쪽 뺨에 보조개가 생겼다가 사라졌다. 잠깐의 시간 동안 그는 전혀 다른 사람처럼 보였다. 그는 부드러운 음성으로 말했다.

목사님. 제가 진지하게 고백할 게 있습니다. 그런데 목사님께만 말씀드리고 싶어요.

안 목사는 윤에게 잠시만 자리를 피해달라고

부탁했다.

　안 됩니다.

　윤은 허락하지 않았다. 안 목사는 자신을 통해
마음을 열고 회개하려는 어린 양의 부탁을 반드
시 들어주고 싶었다. 죄인의 회개는 언제나 극적
이고 드라마틱하여 그 고백을 한번 들어보면 절
대로 헤어 나올 수 없는 매력이 있었다. 자신이
정말 그들의 죄를 씻어주는 어떤 경건한 능력이
생긴 것 같은 성스러움의 달콤함이 느껴지기 때
문이다. 안 목사는 수형자의 인권과 종교의 자유
를 운운하며 윤을 압박했다.

　완전히 나가달라는 게 아니라 문밖으로만 나가
달라고요. 창문으로 지켜보면 되잖아요.

　이래도 괜찮겠냐고 묻고 있는 윤의 눈을 박은
외면했다. 박은 윤의 팔을 잡아 밖으로 끌며 귓가
에 속삭였다.

　죄인이 목사님께 드릴 말씀이 있다잖아. 윤 교
사, 좋게 좋게 가자. 어? 쉽게 쉽게 하자고.

걸려온 전화를 받으러 박이 상담실 밖에 나가 있는 동안 윤은 창문으로 둘의 대화를 지켜봤다. 의자에서 일어서지 말 것. 어떤 신체 접촉도 하지 말 것. 마지막으로 볼펜이나 연필 같은 필기구를 주지 말 것을 약속했다. 예상 외로 상담은 5분 남짓한 시간 만에 끝이 났다. 그는 상체를 탁자 쪽으로 기울여 말하기 시작했다. 그 말을 듣는 안 목사의 표정이 묘했다. 처음엔 고개를 끄덕이며 흐뭇하게 듣고 있는 것 같더니 이내 표정에서 웃음기가 사라졌다. 놀란 것 같기도 했고 질린 것 같기도 했다. 인상적인 건 말을 듣는 안 목사의 태도의 변화였다. 둥글게 구부리고 있던 등은 꼿꼿하게 펴졌고 탁자에 올려두었던 두 손이 허벅지로 옮겨졌다. 안 목사는 주먹을 꼭 움켜쥔 채 잠깐 창문 밖을 쳐다보며 윤을 찾았다. 그리고 곧바로 다시 고개를 돌려 그를 바라봤다. 그게 다였다. 474번은 아무 일도 없었다는 듯 자신의 방으로 돌아갔고 안 목사는 복도에 서서 그의 뒷모습을 멍하게 바라봤다. 윤은 뭔가 이상한 느낌이 들어 안 목사에게 물었다.

무슨 이야기 했어요?

안 목사는 아무 말도 하지 않고 걷기만 했다. 시선은 정면을 향하고 있었으나 낯빛이 흐렸고 눈빛이 떨려 어딘지 불안해 보였다. 윤은 안 목사의 팔목을 잡고 멈춰 세웠다.

무슨 이야기 했냐고요.

말을 전해달랍니다.

윤은 무슨 말이냐고 묻는 눈으로 안 목사를 봤다. 안 목사는 윤의 눈을 마주 보지 못했다. 윤의 손에 잡힌 안 목사의 팔목이 떨리고 있었고 윤은 그가 공포에 사로잡혀 있다는 걸 알았다.

사형을 집행해달랍니다.

윤은 안 목사가 전해준 말보다 그 말을 전하는 안 목사의 태도가 더 놀라웠다. 본인이 과거에 흉악한 죄를 지었고 그동안 셀 수 없을 정도로 많은 수형자를 만났을 텐데 이토록 겁을 먹게 된 까닭을 알 수 없었던 것이다. 안 목사는 벽에 손을 짚고 몸을 기댔다. 윤은 그것이 무엇인지는 알 수 없었지만 뭔가 잘못됐다는 건 알았다.

안 목사. 진정하고 474번이 했던 말을 그대로

해봐.

안 목사의 입술이 부자연스럽게 움직였다.

가서 전해. 사형을 집행해. 그렇지 않으면 교도소 내 수형자들과 교도관들을 다 죽이겠다.

그 이야기를 왜 나한테 안 했어요?

하려고 했지. 그래서 윤 교사를 찾았는데 이렇게 말하더라고. 이봐. 다른 데 보지 말고 날 봐. 내가 너라면 말이야, 내 말을 들을 거야. 전하지 않으면. 반드시. 반드시. 널. 기필코. 죽이고 말 거야. 내가 갇혀 있다고 생각하지 마. 널 봤어. 네 이름도 알아. 시험해보고 싶으면 해봐.

창백한 얼굴로 뭔가에 홀린 듯 474번의 무심하고 낮은 목소리를 흉내 내는 기괴한 모습을 보고 윤은 안 목사의 얼굴을 두 손으로 붙잡아 강제로 눈을 맞추고 안심을 시켰다.

진정해요. 우선 이 문제로 상의를 해봐야 하니까 방금 한 말 누구에게도 전하면 안 돼요.

나를 죽이겠다잖아.

안 목사! 474번은 교도소에 있어요. 이런 사람들 한두 번 만나요? 강한 척 허세 떠는 겁니다.

날 죽이겠다는 사람은 없었어. 진짜 죽일 것 같은 느낌을 주는 사람도 없었고.

안 목사가 벌벌 떨며 고개를 저었다.

뉴스 봤어. 어디 대단한 조직에 있다는 소문도 있고 공범이 있다는 이야기도 있어. 내 이름을 안다고 했어. 날 죽일 거라고 했다고.

횡설수설하는 안 목사를 의자에 앉혔다. 커피를 뽑아 손에 쥐여준 뒤 놀란 아이를 달래듯 어깨까지 어루만져줬다. 커피를 두 모금 마신 안 목사는 종이컵을 바닥에 내려놓고 두 손으로 성경책을 움켜쥐었다.

사람을 죽이는 게 일이었대. 일이 끝날 때마다 콜라를 마셨다고 했어. 기념으로 캔 뚜껑을 모았는데 그게 유리병에 가득 차 있대. 더는 콜라를 마실 일이 없으면 한다고 했어.

윤은 공황 상태에 빠진 겁먹은 안 목사를 겨우 달랬다. 대책을 마련할 테니까 당분간 474번의 말을 전하지 않겠다는 약속을 받아냈다. 알겠다고 고개를 끄덕이면서도 안 목사는 계속 중얼거렸다.

윤 교사가 그 눈을 봤어야 해. 그러면 그렇게 말 못 하지. 그런 기분은 처음이었어. 그놈 눈깔이 내 얼굴에 구멍을 내는 것 같았어. 정말이지 그자는…….

안 목사는 어깨를 축 늘어뜨리고 복도를 걸어갔다. 박 교감이 끝나고 잠깐 커피나 한잔하자고 했던 약속도 잊어버리고 뭔가에 떠밀리듯 그대로 교도소를 빠져나갔다.

윤은 이 일을 곧바로 최에게 말했다. 최는 공장에서 만든 편지지의 상태를 보고 있다가 그걸 내려놓고 밖으로 빠져나왔다. 바람이 찼고 진눈깨비가 날리기 시작했다. 최는 주머니에서 장갑을 꺼내 손에 끼웠다. 최는 놀란 듯했으나 신중한 태도를 취했다. 발언한 것만 놓고 보면 위협적이고 위험해 보이지만 어디까지나 상담 과정 중 나온 말이고 협박으로 볼 수도 있지만 지나온 날들을 고백하는 과정 중 감정이 격해져 그렇게 말한 것일 수도 있다는 것이다. 최는 잠시 말을 멈췄다가 빙긋이 웃었다.

잊었어? 교도관들이 명심해야 할 가장 중요한 수칙이 있잖아. 수형자들은 모두 거짓말을 한다. 좋은 말이든 나쁜 말이든. 진심으로 하는 말인데요, 라고 말할 때 진심이라고 믿으면 안 돼. 솔직하게 말씀드릴게요, 라고 할 땐 절대로 솔직한 게 아니야. 아마 허풍일 거야.

사형을 집행해달라는 이유는 뭘까요?

최는 팔짱을 꼈다. 사형수는 교도소 내에서도 특수한 수형자다. 미결도 아니고 기결도 아닌 애매한 위치에 놓여 있다. 형은 확정이 되었으나 집행은 아직 안 된 상태. 때문에 사형수는 본인이나 관리하는 교도소나 모두 핵심적인 문제와 공포에서 눈을 돌리고 모른 척한 채 지내고 있는 상황이다. 그런데 사형수가 자신에게 내린 형을 신속하게 집행하라고 요구했을 경우 무시하거나 모른 척할 수가 없게 된다. 원래 법에는 사형이 확정되면 6개월 이내에 장관이 집행을 지휘하도록 되어 있으나 사실상 사법체계 전체가 법을 어기고 있는 상태니까. 최는 한참 생각에 잠겨 있다가 길게 한숨을 내쉬고 호주머니에서 담배를 꺼내 입에 물었다. 윤은 라이터에 불을 붙여 앞으로 내밀었다. 바람이 불어 잘 붙지 않아 몇 번이나 불을 붙여야 했다.

죽고 싶나 보지. 복잡하게 생각할 필요 없어. 문제는…… 그 말이 밖으로 새 나가면 까다로워진다는 거야. 그렇지 않아도 사형 집행에 대한 여론의 압박을 이겨내는 게 쉽지 않은 상황에 사형수 스스로 그렇게 말해버리면 명분 자체가 희미해지거든.

다른 사형수들도 문제겠네요.

그렇지. 복잡해지지. 집행한다고 하면 순서랄지 시기랄지 형평성 문제까지.

회의 때 말할까요?

지켜보자. 그냥 해본 말인데 먼저 오버해서 일을 크게 만들 필요는 없어.

안은석은 어떻게 할까요? 괜히 그 말을 누구에게 전하거나 그러면 시끄러워질 텐데요.

그럴 배짱이 있는 놈이 아니야. 이따 박 교감한테 말해서 잘 타이르라고 하면 될 거야. 괜히 소장 귀에 들어가면 피곤해져. 신경 쓰지 마. 그 말은 우리한테 보내는 메시지인 것 같으니까.

윤은 무슨 말인지 모르겠다는 얼굴로 최를 봤다. 최는 깊게 담배를 빨고 길게 연기를 내뿜었다.

귀찮아. 날 내버려둬.

6

 몇 시쯤 됐을까. 눈을 뜨고 다시 감는다. 감각
을 세워 더듬어도 가늠 되지 않는 시간. 누운 채
로 눈을 감고 눈꺼풀에 손가락을 대본다. 눈꺼풀
을 밀어대는 눈동자의 느낌이 손가락에 전해진
다. 마음이 심란하고 어두울 때마다 이렇게 하면
진정이 됐었다. 그러나 효과가 없다. 474번은 자
리에서 일어나 작은 창으로 바깥을 본다. 가로등
빛의 희미한 노란 기운이 창을 타고 실내에 들어
오는 것 같다. 따뜻할 것 같은 착각을 하려다 만
다. 그는 어둠에 잠긴 방을 물끄러미 바라본다.
어떤 꿈을 꿨다. 괴로웠다. 슬픈 이야기가 펼쳐졌

고 그 이야기 속 인물들은 모두 비참했다. 그러나 그게 정확히 무엇인지는 기억나지 않는다. 다 휘발되고 증발되어 슬프다는 느낌만 냄새처럼 남았다. 얼음이 떠다니는 바다. 파도가 칠 때마다 쏟아지던 날카롭고 단단한 얼음 알갱이들. 그 속을 뚫고 헤엄치던 겨울의 기억. 머리를 움직이면 입과 귀 온갖 구멍으로 얼음물이 쏟아질 것 같다. 얼음 사나이! 얼음 사나이! 환호하던 사람들. 그들의 갈채가 등 뒤로 멀어지고 더 이상 아무 소리도 들리지 않는 망망하고 차가운 바다 위. 마음속으로 1초, 2초, 3초 시간을 헤아리다가 그냥 이대로 저 먼 바다 끝까지 헤엄치고 아무 감각 없이 서서히 물속으로 가라앉아 영원히 썩지 않는 얼음 같은 것이 되어도 좋겠다고 유혹하던 또 다른 나의 목소리. 그러나 그 목소리를 지우는 더 큰 목소리가 있다. 파도를 삼키는 더 큰 파도처럼.

함박눈이 그친 초저녁. 깨끗하게 씻긴 청명한 군청색 하늘 위로 저녁 별이 떠올랐다. 누나는 나를 마루에 앉히고 별자리를 알려줬다.

은하수 가운데 자리 잡은 저 별들. 저게 사수 자리야. 반은 사람이고 반은 말인 한 남자가 있었지. 그는 튼튼한 몸을 갖고 있었고 매우 똑똑했으며 활도 잘 쐈단다. 독특한 모습 탓에 멀리서 보면 그는 짐승으로 보였지만 가까이서 보면 아름다운 사람으로 보였어. 그래서 사람들은 그를 두려워하며 동시에 사랑했단다. 그는 강하고 아름답고 심지어 죽지도 않는 위대한 운명을 타고났지만 외로웠어. 항상 사람들에게서 멀리 떨어져 혼자 지내야 했거든. 너도 그 사람과 같아. 저 별처럼 사수의 운명을 타고 함박눈이 쏟아지는 한겨울에 태어났지. 그래서 사람들과 떨어져 지내야 하는 거야. 그러나 명심하렴. 너보다 아름다운 사람은 없어. 너보다 강한 사람은 없어.

바닥에서 작은 육체 하나가 헝클어진 머리를 손으로 툭툭 털어내고 부스스, 부스스, 일어서고 있다. 온몸이 까만, 흡사 재를 뒤집어쓴 것 같은, 약하고 부드러운 아이. 손가락을 대면 먼지처럼 부서질 것처럼 가까스로 존재하는 소년. 그는 바닥에 쭈그리고 앉아 열다섯의 자신을 바라보았다. 하늘 색이 짙어지고 산등성이 너머 떠오른 별이 선명한 빛을 발할 때, 죽은 풀들이 뒤덮은 들판의 새들이 모두 숲속으로 날아갈 때, 바람이 불 때, 바람에 실려 날아온 냄새들이 찬 기운에 모두 결빙되어 허공이 텅 빌 때, 소년은 집을 나선다. 이름 없는 개천을 지나, 사람들이 떠난 빈집들을 지나, 컴컴한 목구멍을 닮은 폐광을 지나, 커다란 바위에 섰다. 저 멀리 보이는 소읍. 두 줄기 회색 연기를 피워 올리는 염색 공장. 바람이 불면 매스꺼운 기름 냄새를 피우는 저 건물 어딘가 누나가 일하고 있다. 소년은 바위에 앉아 얇은 이불을 어깨에 두르고 누나를 기다렸다. 시간이 하염없이 흘러도 소년은 하품 한 번 하지 않고 기다린다. 사위가 어둑해질 무렵 누나는 저 멀리 작은 점 같은 것이 되어 나타났다. 누나의 손을 잡고 게맛살을 입에 넣어 빨고 씹고 오랫동안 머금었다. 부드럽고 비릿한 좋은 맛. 소년은 그것이 사랑이라 믿었다. 왼쪽 오른쪽을 살펴봐주고 귀와 코와 눈과 손가락과 입안의 부드러운 살점까지 꼼꼼히 확인해주는 손길과 눈길. 확인이 끝나면 활짝 웃으며 머리를 쓰다듬어주는 작은 손. 이제 소년은 그림자가 되어 어둡게 누워 있다. 주검처럼 바닥에 납작 엎드려 꼼짝도 않는 작은 몸. 바닥에 끼얹어진 한 바가지 물처럼 바닥에 스며들며 서서히 증발해가는 어린 시절. 그는 분노에 사로잡힌 눈으로 바닥을 응시하며 중얼거린다.

누나. 항상 같은 기억이 떠올라. 내 힘으로는 그걸 멈출 수가 없다. 어떻게 해야 좋을지 모르겠어. 그럴 때마다 반드시 슬퍼지고 결국엔 화가 나. 생생한 미움이 심장처럼 매 순간 뛰고 있어.

마지막 누나의 표정. 그것은 무슨 의미였을까. 그날부터 지금 이 순간까지 생각하고 또 생각했어. 평소와 다를 것 없는 평범한 겨울 아침. 나는 누나에게 손을 흔들었고 누나는 미소를 지었지. 누나가 평소와 다르다는 건 느낄 수 있었어. 한 번도 해주지 않았던 음식을 해줬고 다 아는 이야기를 몇 번이고 반복했잖아.

눈동자를 보렴. 긁힌 곳은 없는지 핏줄이 터진

곳은 없는지 열 개의 손가락 사이사이를 꼭 살펴야 해. 옷을 갈아입을 때마다 멍든 곳은 없는지 보고 거울로 뒷모습도 확인해. 수시로 침을 뱉어 보고 피가 나는지 확인해. 찬물과 뜨거운 물은 가급적 피해야 해. 만져서도 안 되고 마셔도 안 돼. 항상 미지근한 물을 마시렴. 감각에 호기심을 가지렴. 네 느낌을 믿어야 해. 이게 긴장이구나. 이게 불안이구나. 알아야 해. 이상한 기분이 들면 그냥 넘어가지 마.

어릴 때부터 들었던 말. 주문처럼 외우고 또 외웠던 그 말을 왜 갑자기 안녕, 이라는 인사 뒤에 했던 걸까. 이상한 기분이 들었어. 누나의 말대로 그 느낌을 그냥 넘기지 않았지. 그 불안. 그 두려움. 어쩌면 누나가 돌아오지 않을지도 모른다는 생각에 이르면 토할 것 같은 기분이 들었어. 내 느낌은 옳았어. 누나는 돌아오지 않았지. 게맛살은 가짜라고 진짜를 먹어보라고 쪄준 빨간 게를 바라보는 내 기분을 누나는 알까?

그는 바닥에 앉아 무릎을 껴안고 말했다.

알겠지. 알면서도 떠났겠지.

철창 사이로 희미한 등과 차가운 복도가 보인다. 그러나 그의 망막엔 아무 상도 맺히지 않았다. 완전히 과거로 돌아가 소년의 표정과, 소년의 마음과, 소년의 두려움으로, 그 떨림으로, 누나가 사라진 길을 바라보고 있다. 까만 밤보다 더 깜깜하게 서 있는 뾰족한 산. 역겹고 불길한 게 냄새. 그는 눈을 감고 누나의 마지막 표정을 떠올리려 애썼다. 물속에 빠진 까만 돌멩이 같은 두 개의 눈동자와 꾹 다문 입술. 희미하게 팬 왼뺨의 보조개. 밤하늘을 나는 새, 울부짖는 이름 모를 동물들, 밝아오는 능선, 그리고 죽음처럼 적막한 집. 다음 날 아침이 되고 해가 뜨는 모습을 보고 마침내 누나가 떠났다는 것을 알게 됐다. 지금 이 순간도…… 그때의 아침, 점심, 저녁, 새벽, 태양, 구름, 소리, 바람, 어둠, 적막, 추위 같은 것들을 생각하면 손끝이 떨리고 딱딱 이가 부딪친다. 시간은 하루 이틀 지나지 않고 기다림과 외로움으로 흘렀다. 어느 날 회색으로 변한 게딱지 위로 눈처럼 하얀 서리가 덮여 있었다. 마침내 받아들였다.

버려졌다는 것을.

7

교도관들은 멍하니 티브이만 보고 있다. 황당한 얼굴과 난처한 표정으로 서로의 얼굴을 살필 뿐 누구도 말하는 자가 없다. 윤은 고개를 숙였고 박은 의자에 반쯤 누워 티브이를 보다가 벌떡 일어나 누군가에게 급히 문자를 보냈다. 최는 침착한 얼굴로 뉴스를 주시하며 인터뷰하는 안은석의 말을 받아 적었다. 누군가 통제실 문을 발로 걸어차고 들어왔다. 소장이었다.

저 새끼가 왜 뉴스에 나오고 있어?

안은석은 기자들 앞에 서서 반으로 접힌 종이를 펼친 뒤 적어 온 것을 읽었다.

전 교도소 교정심리치료센터에서 정서 치료 봉사를 하는 안은석 목사입니다. 몇 날 며칠 고민한 끝에 이 자리에 서게 됐습니다. 교도소에서 성실하게 교화에 참여하고 밤낮으로 애쓰시는 교도관님들이 걱정되어 잠을 이룰 수 없었기 때문입니다. 최근 제가 봉사하는 교도소의 474번과 면담 중 충격적인 이야기를 들었습니다. 언론에 전할 메시지가 있다고 했고 그 말을 전하지 않으면 가만있지 않겠다고 저를 협박했습니다. 그가 한 말을 그대로 전하면 다음과 같습니다. 사형을 집행하라. 그렇지 않으면 교도관들과 수형자들을 모두 죽이겠다.

최악이다.

빠른 걸음으로 474번의 방으로 걸어가는 소장의 뒤를 쫓아가며 윤은 어금니를 꽉 깨물었다. 상담실에 둘만 두는 게 아니었어. 공포에 사로잡힌 겁먹은 목사의 약속을 믿는 것도 아니었어. 윤은 중요한 순간마다 자신이 적절한 판단을 내리지 못한 것 같아 스스로에 대한 분노와 후회로 마음이 어지러웠다. 박은 연락을 받지 않는 안은석에게 계속 전화를 걸었고 최는 힐난하는 눈으로 박을 노려봤다. 474번은 벽 쪽으로 붙어 몸을 둥글게 말고 자고 있었다. 소장이 문을 발로 찼다. 쾅, 소리가 복도를 울렸지만 그는 눈을 뜨지 않았다. 뒤척이지도 않았다. 문이 열리고 교도관들이 방으로 들어갔다. 좁은 공간에 사람들이 침입했다는 것을 깨달은 남자는 그제야 실눈을 뜨고 주변을 살펴본 뒤 천천히 몸을 일으켰다. 소장은 문밖에 서서 열둘을 단번에 죽였다는 살인자를 관찰했다. 일어나라는 재촉에 그는 자리에서 일어나 한 발 한 발 걸어 교도관들 앞에 섰다. 방이 좁아 교도관들이 한 남자를 에워싸는 것처럼 됐다. 수형자는 긴장하지 않았다. 차분하게 교도관 한 명 한 명과 눈을 마주쳤다. 사람을 주눅 들게 하는 눈빛. 나는 너희들을 무시하고 있어, 라는 메시지를 노골적으로 드러낸 눈에는 적의가 차 있었고 희미한 미소를 머금고 있는 표정에는 여유가 흘렀다. 박이 한 발 뒤로 물러서며 말했다.

안 목사에게 한 말 사실인가요? 정말 그렇게

말했어요?

그는 글쎄요, 하며 귀를 만지작거렸다.

이 말 저 말 한 것 같은데…… 뭘 말씀하시는지 잘 모르겠네요.

교도관들과 수형자들을 죽이겠다고 했다면서요.

아뇨.

그는 피곤한 듯 눈을 비비며 말했다.

사형을 집행해달라고 했습니다. 죽이겠다, 는 그다음이고.

박은 눈을 동그랗게 뜨고 더듬거리며 말을 잇지 못했다. 무심한 듯 무례하게 구는 사형수의 얼굴은 그동안 윤이 봐왔던 얼굴과 다른 것이었다. 다른 사람 같았다. 표정 너머 내면을 엿볼 틈이 전혀 없었다. 두꺼운 커튼이 쳐진 그의 눈동자와 얼굴엔 감정적인 부분이 없었다. 그는 차분하게 이렇게 말하고 있는 것 같다.

궁금해하는 걸 알아요. 가까이 오면 들려주겠습니다.

윤은 새삼 그가 위험한 사람이라는 것을, 그가

사람을 죽인 자라는 것을 인지했다. 잠자코 문에 기대고 선 채 담배를 피우며 이 모습을 지켜보던 소장이 방으로 들어왔다. 교도관들에겐 방이 좁으니 복도로 나가 있으라고 지시했다. 474번과 단둘이 방에 남은 소장을 윤은 걱정스러운 눈으로 바라봤다. 최가 입술에 손가락을 대고 조용히 지켜보라는 신호를 줬다. 그리고 작게 속삭였다.

걱정하지 마. 저래 보여도 산전수전 다 겪고 저 자리에 오른 사람이야.

소장은 뒷짐을 지고 한동안 아무 말도 하지 않고 내부를 빙빙 돌았다. 벽을 만지며 지내는 데 불편한 점은 없느냐, 베개를 손가락으로 툭 치고 밥은 잘 먹고 있느냐, 발로 여벌의 수형복을 밀어내며 필요한 것은 없느냐, 물었다. 474번은 눈동자만 굴릴 뿐 대꾸하지 않았다. 소장은 불룩 나온 배를 손으로 쓰다듬으며 말했다.

그래서 474번. 우리들을 다 죽이겠다, 하셨다고?

……

소장은 그의 양쪽 가슴의 붉은 명찰을 손가락으로 한 번씩 꾹꾹 누른 뒤 조롱하는 음성으로 말했다.

어떻게요?

먼저, 친절한 말투로 말하세요.

친절?

소장은 어이가 없다는 듯 잠시 웃다가 표정에 웃음기를 싹 지웠다.

친절은 일반적이고 정상적인 사람에게 베푸는 거구요. 사람을 죽인 살인자가 그런 걸 요구하는 건 터무니없다고 생각하지 않으세요? 교도관들을 죽인다면서요? 그래놓고 친절?

정상이 뭔지 아는 것처럼 말하시는군요.

정상? 뭔지도 알고 무슨 뜻인지도 압니다. 넌 정상이 아니에요. 자, 하나만 물어봅시다. 가만히 있어도 죽을 건데 빨리 죽여달라고 발악을 하는 이유는?

왜 알고 싶은 건데요?

아…… 짜증 나네. 계속 말꼬리 잡을 거야? 넌 내가 왜 알고 싶은지 왜 알고 싶은 건데요?

그는 소장의 어깨쯤을 응시하다가 서서히 고개를 들어 눈을 바라봤다.

이해 못 하실 겁니다.

이해시켜봐.

싫습니다. 당신은 모릅니다.

그는 잘라 말했다. 그리고 더는 아무 말도 하지 않겠다는 눈을 하고 입을 꾹 다물었다.

소장은 두 손으로 배를 만지작대며 숨을 길게 내쉬었다.

아, 이 미친 사이코 새끼가.

소장은 그의 이마에 검지를 갖다 댔다. 그리고 힘주어 눌렀다.

그러니까 빨리 죽고 싶단 거 아냐? 걱정 마. 사형을 당하든 여기서 늙어 죽든 어쨌든 넌 죽을 테니까. 요즘엔 다들 영화를 존나게 많이 봐서 교도소를 좆같이 보는데 넌 꼬였어. 알겠어? 비참하게, 괴롭게, 거지같이 지내다가 나중엔 개처럼 기게 될 거야.

알겠습니다.

그는 한 호흡 쉬고 말을 이었다.

하지만 협박을 할 땐 조심하세요. 평소엔 괜찮습니다만 저도 이성적으로 판단하는 게 피곤할 때가 있거든요. 그땐 하고 싶은 대로, 할 수 있는 대로, 할 겁니다. 그땐 당신은 죽습니다. 지금은 기다리죠. 그러나 오래 기다리진 않을 겁니다.

교도관들은 탁자에 모여 앉았다. 다른 사동의 교도관들까지 모일 정도로 큰 회의가 소집됐다. 소장은 더 이상 전화를 받을 수 없을 정도로 노이로제에 시달리고 있었다. 수사기관과 법조계, 심지어 청와대 인사들에게서까지 전화가 걸려왔다. 아무 일 없다, 걱정하지 말라, 완벽하게 통제하고 있다, 라는 말을 백 번도 넘게 해야 했다. 최와 박에게는 기자들과 방송국 관계자들이 접근했고 몇몇 인권 단체들은 474번의 현재 몸 상태와 교도소 내에 혹시라도 있었을 가혹 행위에 대해 까다로운 질문을 던졌다. 수형자들은 동요했다. 운동 시간에 산책을 하는 474번에게 소리를 지르며 시비를 걸었다. 집행까지 갈 것도 없이 직접 죽여주겠다고 협박했고 반대로 그렇게 사람을 잘 죽이

면 나부터 한번 죽여보라고 놀리고 조롱하는 이
도 있었다. 교도소 밖에선 사형을 집행하라는 시
위가 벌어졌고 반대편에선 작은 규모로 사형제
폐지 시위도 있었다. 교도소 입장으로 볼 때 이
문제가 단순히 474번의 생사와 관련된 사항만은
아니었다. 사형 집행이 확정된 사형수들이 대기
하고 있다. 그들의 죄는 법적으로 이미 사형받아
마땅한 것이라고 판결되었고 객관적인 관점에서
보면 그들 사이에서 죄질의 차이는 없다. 다시 말
해 474번을 사형시킨다면 사형 폐지 국가라는 잠
재적 위상을 무너뜨리는 상징적인 사건이 될 것
이므로 다른 사형수들에게도 당연히 영향을 미치
게 되는 것이다. 영치품을 담당하는 정 교사가 말
했다.

형이 집행되면 다른 사형수들의 형도 다 집행
되겠죠? 확정된 순서대로 할까요? 아니면 474번
만 단독적으로 집행하게 될까요?

5년 동안 형이 집행되지 않고 있는 사형수를
담당하는 한 교위가 대답했다.

글쎄요. 법무장관이 어떻게 결정하냐에 달린

거죠. 하지만 지금 언론에서 문제 삼고 있는 것은 474번이니까 다른 사람들의 형은 일단 유보할 것 같은데요. 만약 그렇지 않다면 그것 역시 불합리한 경우가 될 거예요. 지금 제가 담당하고 있는 416번은 반쯤 미쳐 있는 상탭니다. 밤마다 문을 두드리고 극심한 불안 증세를 보이고 있어요. 뭐가 됐든 빨리 결론이 나지 않으면 내가 먼저 미칠지도 몰라요. 선배님은 어떻게 생각하세요?

호주머니에 손을 찌르고 말없이 대화를 지켜만 보고 있던 유 교감이 길게 한숨을 쉬었다. 그는 교도관들 중에서 가장 오래 근무한 사람이었고 실제로 사형 집행을 경험한 교도관이었다.

공문이 내려올 걸세. 474번은 일반적인 사형수들하고 달라 보이네. 항소도 하지 않고 그를 돕는 단체도 없어. 심지어 가족도 없고. 여론도 그의 죽음을 압도적으로 원하고 있고. 그놈은 뭐랄까…… 마치 자살하러 들어온 사람 같네. 실제로 본인도 사형을 원하고 있고…… 말 그대로 죽고 싶어 환장한 녀석이란 말이지. 사형의 딜레마는 혹시 있을 오판과 죄를 뉘우치고 새로운 삶을 살길 원하는 인간의 인권에 집중되어 있는데 이 사람은 그 둘 다에 해당되지 않아. 형 집행을 미룰 근거가 없다고 생각하네. 자네는 어떻게 생각하나?

유 교감의 질문에 교도관들이 모두 윤을 쳐다봤다. 윤은 잠시 474번의 얼굴을 떠올렸다. 그리고 대답했다.

죽게 되겠지요. 결국은 그렇게 되겠지요. 그런데 이상하네요. 사형 당하러 들어온 사람을 사형시키는 것이…… 뭐, 그 방법밖에 없겠지만 무력하군요. 아이러니하게도 우리 모두가 합심하여 살인을 저지른 죄인의 요구를 들어주고 있는 것 같아요. 마치 공범같이 말이죠. 죄를 짓고 그에 합당한 벌을 집행하는 게 법과 교도소의 존재 이유라면 이유일 텐데 이 경우엔 모두가 결국 그가 원하는 대로 돕는 셈이죠. 뭔가 속고 있는 것 같아요.

공범이란 말에 교도관들은 잠시 침묵 속에 가만히 있었다. 핸드폰으로 계속 언론의 기사를 체크하던 박이 핸드폰을 탁자에 내려놓으며 말했다.

지금 언론은 거의 압도적으로 사형을 시키자는 쪽이에요. 종교계나 인권 단체 쪽도 거의 입장을 내놓지 않고 있을 정도입니다. 이러다가 교정과 교화라는 기본 원리마저 무너지게 생겼어요. 생각해봐요. 그걸 그렇게 처리해버리면 앞으로 교도소 프로그램을 어떻게 진행합니까? 수형자들은 겁을 집어먹고 통제에 따를 생각도 안 할 거예요.

최 역시 이례적으로 박의 말을 두둔했다.

그건 맞는 말입니다. 사형이 집행되면 교도소 내의 사기뿐만 아니라 기본적인 교화 시스템을 수정해야 할 겁니다. 당장 노트를 만드는 공장의 생산율이 눈에 띄게 낮아졌어요. 수형자들이 두려워하고 있는 겁니다.

웃기는 소리들이야.

마침내 소장이 입을 열었다.

이런저런 상황들 다 떠나서 474번은 끝장내야 돼. 언제까지 이런 쓸데없는 전화에 시달릴 거야? 어려운 거 하나 없어. 이 경우는 아주 단순하니까. 사형받을 만한 새끼야. 심지어 죽고 싶다고 난리 치고 있잖아. 난 단순한 사람이야. 비가 오면 우산을 쓰고 배가 고프면 밥을 먹으면 돼. 모든 건 원인이 있고 그에 따른 결과가 있어. 그게 말이 되니까. 말이 되는 게 중요해. 그 새끼가 한 짓을 봐. 그걸로 판단하면 되는 거야. 그러면 설명도 쉽거든. 금치시키고 징벌거실로 보내. 교도소 안에 또 다른 교도소가 있다는 걸 보여줘. 원하는 건 다 제한해. 의료동 강이 그러던데 그 새끼가 또 자기 몸은 그렇게 챙기는 놈이라면서? 진짜 가지가지 하는 새끼네. 반창고 하나 주지 마. 어차피 곧 죽을 놈이야. 그때까지만 가둬두면 돼.

전화가 탁자 위에서 진동했다. 소장은 전화기를 든 뒤 발신자를 확인하고 욕설을 내뱉으며 인상을 찌푸렸다.

아, 미친 새끼 하나 잘못 들어와서 완전히 꼬였어. 영화에서나 있는 일인 줄 알았는데 살다 보니 이런 좆같은 일이 일어나네.

소장은 전화기를 귀에 대고 급히 밖으로 나갔다. 교도관들이 하나둘 밖으로 빠져나갔지만 윤은 자리에 앉아 있었다. 윤은 이상한 기분에 휩싸였고 그것이 무엇인지 파악하기 위해 애썼다. 뭐라고 정확히 짚어낼 수 없는 이상한 수치심과 패배감이 윤의 이마를 뜨겁게 만들었다.

8

해경은 티브이를 보다가 손에 쥐고 있던 스프링과 제본할 문제집을 탁자에 내려놨다. 한참 멍하게 입을 벌리고 창밖으로 하늘만 바라보던 해경은 티브이를 끄고 리모컨을 두 손으로 꽉 움켜쥐었다. 안경을 벗어 복사기 위에 올려놓고 손가락으로 눈꺼풀을 문질렀다. 뜨거운 물에 들어간 달걀처럼 열기가 꽉 찬 안구는 금방이라도 터질 것 같았다. 해경은 눈을 감고 스테인리스 컵으로 눌렀다. 단단하고 차가운 기운이 열기를 식혀줬다.

생각을 하자. 생각을 하자.

해경은 주문처럼 혼잣말을 했다. 시간이 얼마

나 흘렀을까. 해경은 안경을 다시 쓰고 옷걸이에
걸어둔 코트를 집어 들었다. 벽을 가리고 쌓인 종
이 박스를 하나씩 바닥으로 내려놓고 소형 창고
문을 열었다. 차가운 기운 속에 오래된 먼지 냄새
와 눅눅한 곰팡이 냄새가 났다. 소형 약국을 옮겨
놓은 듯 각종 약이 종류별로 깔끔하게 정리되어
가득 채워져 있었다. 해경은 한쪽 구석에서 홍삼
세트 한 박스를 꺼낸 뒤 문을 닫았다. 박스 손잡
이를 단단히 움켜쥐고 밖으로 나갔다. 눈이 쏟아
지고 있었다.

점심을 먹고 있는 윤에게 문자가 왔다. '신해경
왔습니다.' 신해경이라는 여자가 474번을 접견하
고 싶다고 신청하면 반드시 연락을 달라고 접견
실에 부탁을 한 상태였다. 밥을 다 먹기도 전에 자
리에서 일어서는 윤을 최는 의아하게 바라봤다.

무슨 일이야?

아뇨. 갑자기 일이 생겨서 먼저 일어나볼게요.

무슨 일?

최는 대답을 회피하며 자리에서 일어서려는 윤

의 팔목을 붙잡았다.

윤 교사. 노파심에 하는 말인데 474번 일에 깊숙하게 개입하지 마라. 복잡한 놈이야. 괜히 휘말렸다간 빠져나오지 못하게 돼. 이건 코걸이보다 심한 거야. 알았어?

윤은 말없이 웃으며 꾸벅 고개를 숙인 뒤 식당을 빠져나갔다. 최는 불안한 눈으로 윤의 뒷모습을 바라봤다.

접견실 의자에 신해경이 앉아 있었다. 허망한 얼굴을 하고 홍삼 박스를 손에 꼭 쥐고 있었다. 윤은 그녀에게 다가갔다.

474번 접견 오셨죠?

해경은 경계하는 눈으로 윤을 바라본 뒤 살짝 고개를 끄덕였다.

저는 담당 교도관입니다. 아시겠지만 문제가 생겨 474번은 금치 상태입니다. 당분간 접견이 불가해요.

해경은 아무 말도 하지 않았다. 윤은 그녀가 들고 있는 홍삼 박스를 봤다.

사식이나 구매물품 같은 것도 다 제한됩니다. 갖고 오신 것도 교도소 내로 반입할 수 없어요.

들고 있던 박스를 품에 안고 해경은 고개를 끄덕이고 자리에서 일어섰다. 접견실을 빠져나가는 해경을 뒤따라가며 윤이 말했다.

혹시 시간 괜찮으시면 저와 차 한잔하시죠.

윤과 해경은 버스 정류장 앞 작은 구멍가게에 들어갔다. 눈곱이 가득 낀 노파가 회색 눈동자를 느리게 깜박이며 카운터 앞에 앉아 있었고 화목 난로 위에 놓인 낡은 주전자가 끓어오르는 수증기로 덜컹덜컹 뚜껑이 움직이고 있었다. 윤은 캔 커피를 마셨고 해경은 녹차 캔을 손에 쥐고 있었다. 윤은 474번의 일과에 대해 말해줬다. 언제 자고 언제 일어나는지, 밥도 잘 먹고 있고 종종 대화도 나누며 가끔 농담도 한다 했다. 해경은 말을 할 줄 모르는 사람처럼 희미하게 웃기만 할 뿐 입을 열지 않았다. 윤은 더는 말을 돌리지 않기로 했다.

궁금한 게 있어서 뵙자고 했습니다. 474번이

신해경 씨의 동생입니까?

신해경의 눈이 순간 커졌다. 그러나 표정엔 큰 변화가 없었다.

아뇨. 전 작은 인권 단체에 소속된 직원이에요. 사형수라 할지라도 인권은 있고 참회할 기회를 줘야 한다고 믿는 평범한 시민일 뿐이에요.

그렇군요. 그런데 그는 자신에게 누나가 있었다고 말하더군요. 접견하실 때 우연찮게 두 분의 대화를 듣게 됐는데요. 474번이 누나라고 부른 것 같은데 제가 잘못 들었나 봅니다. 아, 전 담당 교도관일 뿐 사건이나 과거사엔 관심이 없습니다. 혹시 신상 노출의 위험 때문에 경계하시는 거라면 저를 믿어도 괜찮다고 말씀드리고 싶군요.

믿어도 된다는 그 말. 믿을 수 없어요.

윤은 어색하게 웃으며 커피 한 모금을 마셨다.

그러시겠죠. 상관없습니다. 다만 신해경 씨가 누나일지도 모르니까 혹은 그 누나를 아시는 분일 수도 있으니까 그냥 말하겠습니다.

해경은 그렇다 아니다 반응을 보이지 않고 가만히 있었다.

그는 버려졌다고 생각하고 있습니다. 누나가 자신을 무서워했던 것에 실망했고 분노하고 있어요. 제가 누나라면 다른 무엇보다 그 마음을 풀어주려고 노력할 것 같네요.

그 애는 몰라요.

윤은 네? 하고 되물었다. 해경이 너무 작은 소리로 말했기 때문이다. 해경은 코끝에 걸친 안경을 올려 썼다.

아무것도 모른다구요. 누나가 떠난 이유는 동생을 위한 길이었어요. 그 방법밖에 없었어요.

윤은 해경의 목소리가 조금씩 커지고 냉정해지고 있다고 느꼈다. 한 마디 한 마디 할 때마다 음성의 결이 달라졌다. 얼음이 얼듯 날카롭고 단단해졌다.

누나가 두려워했다던가요?

네. 그렇게 말했던 걸로 기억합니다.

해경은 안경 밑으로 손을 집어넣어 두 눈을 비볐다.

맞아요. 두려웠어요. 그래서 집을 떠날 수밖에 없었죠.

혹시 그가 누나에게 해서는 안 될 행동을 했나요?

낮은 음성으로 조심스럽게 물어보는 윤을 해경은 물끄러미 바라봤다. 처음엔 윤은 그 눈을 보고 있는 게 아무렇지 않았는데 서서히 기분이 이상해지면서 눈을 피하고 말았다. 그가 자신을 그렇게 바라보면서 누군지 살피고 있다고 했던 말이 떠올랐다. 속을 깊숙하게 들여다보는 그 눈과 지금 맞은편에 앉아 있는 여자의 눈이 닮아 있었다. 윤은 오싹해졌고 자신도 모르게 둥글게 숙이고 있던 상체를 꼿꼿하게 폈다.

교도관님. 누나가 집을 떠난 건 동생이 무서워서가 아니었어요. 그 반대지.

해경은 손에 들고 있던 녹차 캔을 가방에 집어넣고 홍삼 박스를 들고 자리에서 일어섰다.

잘 보살펴주세요. 환경이 낯설고 두려워 공포심에 사로잡혀 마음에 없는 말을 하는 겁니다.

해경은 밖으로 나갔다.

9

가파른 언덕 위 달동네. 연탄재와 쓰레기가 뒤섞여 뒹구는 좁고 험한 길 곳곳에 까만 잔설이 남아 있다. 광명교회. 작게 발음해보는 해경의 입에서 하얀 입김이 난다. 2층짜리 낡은 회색 건물. 칙칙한 초록색 외관과 벽을 가로지르는 길고 깊은 균열은 누군가 힘을 줘 흔들기만 해도 금방이라도 쩍, 소리를 내며 무너질 것 같다. 옥상에 조잡하게 만든 철제 십자가와 창문 네 개에 하나씩 붙은 글자. 광. 명. 교. 회. 해경은 헐렁하게 풀어진 목도리 매듭을 단단하게 묶고 계단을 올라갔다. 아귀가 틀어져 제대로 닫히지 않은 철문을 힘을 주어 열었다. 어둡고 차가운 교회 내부엔 먼지와 담배 연기 냄새가 났다. 장의자는 줄이 맞지 않게 틀어져 있었고 쾨쾨한 팥죽색 방석들이 여기저기 흩어져 있었다. 오랫동안 예배를 드린 적이 없고 청소도 하지 않는 듯 보였다. 해경은 의자에 앉아 정면을 바라봤다. 두꺼운 갈색 커튼이 내려져 있고 한가운데 나무로 만든 큼직한 십자가. 모서리가 긁혀 칠이 벗겨진 강대상 양옆엔 죽은 소철이 심긴 화분이 놓여 있었다. 해경은 의자 위에 나뒹구는 구겨진 주보를 펼쳤다. 엉성한 편집으로 대충 만든 조잡한 주보 하단엔 담임목사 안은석이라고 적혀 있었다. 해경은 홍삼 박스를 바닥에 내려놓고 의자에 앉아 정면을 바라봤다. 동굴처럼 어둡고 차가운 공기와 남루한 예배당의 고요가 해경의 마음을 밑바닥까지 가라앉게 만들었다. 모종의 경건함 같은 것이 아니었다. 느낄 수 있는 가장 커다란 크기와 압력으로 찍어 누르는 어떤 비참과 수치심이 마음 벽을 거칠게 긁어대고 있었다. 그것을 뭐라고 해야 할까. 슬프다, 라고 해야 하나 아니면 분하다, 라고 해야 하나. 해경은 어떤 정체불명의 감정이 자신을 겪어보지 못한 경험의 사각지대로 몰고 있다고 느꼈다. 해경은 눈을 감고 두 손을 모았다. 깊게 숨을 마셨다가 길고 가늘게 내뱉었다.

어두운 예배당 한구석에 앉아 있는 해경을 봤을 때 안은석은 하마터면 소리를 지를 뻔했다. 너무도 고요해 아무도 없는 줄 알았다가 그림자 같은 것이 보여 시선을 준 것뿐인데 그것이 자신을 빤히 바라보고 있었던 것이다. 그림자가 아무 소리도 내지 않고 일어섰고 조용히 다가왔다. 조금씩 드러나는 것의 정체가 작은 몸피를 가진 중년의 여성이라는 것을 알자 안은석은 안도의 한숨을 내쉬었고 동시에 자신을 놀라게 한 여자에게 짜증이 치솟았다.

누구요?

목사님이시죠?

안은 그렇다고 답하며 낯선 여인의 행색을 빠르게 눈으로 훑었다. 기자는 아닌 것 같고 방송국 사람도 아닌 것 같다. 사람을 죽일 것 같은 이미지도 아닌 것 같다. 아니, 안은 속으로 웃으며 생각했다. 이 여자가 만약 날 죽이러 왔다고 해도 내가 싸워서 이길 수 있을 것이다.

그렇습니다만.

해경은 고개를 숙이고 허리를 굽혀 인사했다. 거의 바닥에 이마가 닿을 정도로 깊고 긴 인사였다.

드릴 말씀이 있어 찾아왔습니다. 잠시 시간을 내주실 수 있나요?

해경의 차분하고 느린 말이 예배당 안에 기도처럼 은은하게 울렸다. 말할 때마다 허공에 잠깐 나타났다가 사라지는 주먹만 한 입김들. 투명하다고 해야 할까, 희미하다고 해야 할까. 안은 해경의 말을 들으면서도 동시에 그 말이 갖고 있는 이상한 힘과 색깔에 대해 생각하고 있었다. 기묘한 기분에 휩싸이게 만드는 기운이 있는 여자라고 생각했다.

그러니까 쉽게 말해 당신은 그 사형수가 죽기를 원치 않는다, 그래서 내가 다시 인터뷰를 해줬으면 하는데 그 사형수가 실은 굉장히 불안정한 상태였다, 심리적으로 불안했고 죄의식에 사로잡혀 있었기에 그렇게 말한 것일 뿐 사실은 깊이 뉘우치고 있다, 이렇게 말입니까?

해경은 고개를 끄덕였다. 안은 하아, 소리를 내며 두 손으로 머리를 긁적였다.

자매님. 그 사람을 아십니까?

해경은 고개를 저었다.

모르셔서 그렇게 말씀하시는 거예요. 그 사람은 원하는 대로 해주지 않으면 사람들을 죽일 겁니다.

안은 그와 함께 있던 순간이 생각나 소름이 돋았다.

나도 거칠게 살아왔고 별사람들 다 겪어왔는데 그 남자는 달라요. 뭐라고 해야 하나. 진짜 악마 같았어요. 사람이 아니라니까요. 악마예요. 악마.

안은 고개를 절레절레 흔들며 말했다.

자매님. 사람을 죄와 불행에 빠뜨리는 악마가 세상에 있으면 되겠어요, 안 되겠어요?

해경은 얼어붙은 듯 꼼작도 않고 안을 쳐다봤

다. 안은 상체를 앞으로 기울여 해경에게 다가온 뒤 귓속말을 하듯 속삭였다.

안 되죠. 절대 안 되죠.

그리고 혹시 누가 자신의 말을 들었을까봐 주변을 살폈다. 해경이 말했다.

목사님께서 그렇게 말씀하시면 안 되죠. 하나님은 모두를 사랑하신다면서요. 씻을 수 없는 죄는 없다면서요.

안은 웃었다. 뭐 그리 순진한 말을 다 하시냐는 듯 흐흐흐 웃었다.

기본적으론 그렇죠. 성경에도 써 있고요. 그런데 하나님이 저주하고 미워하는 사람도 많아요. 만들어놓고 후회하는 사람도 있고요. 성경에 다 써 있다니까요.

해경은 무슨 말을 더 하려다 자신을 묘하게 바라보며 웃고 있는 늙은 목사의 입을 찢고 싶은 충동이 들어 입을 꾹 다물었다. 그리고 혹시 몰라 두 손을 맞잡았다. 안은 공손하게 두 손을 맞잡고 있는 여자와 다른 이야기도 하고 싶었다.

그건 그렇고 자매님께서는 교회 다니시나요?

남의 영혼도 중요하지만 자신의 영혼이 더 중요한 법이죠. 제가 기도 좀 해드릴까?

해경은 자리에서 일어섰다. 잠깐 홍삼 박스를 내려다보다 오른손으로 단단히 움켜쥐었다. 그리고 말없이 뒤돌아 밖으로 나가려 했다. 등 뒤에서 안이 말했다.

다음에 답답한 일이 생기면 또 찾아오세요. 그리고 그 사형수는 신경 쓰지 마세요. 제가 만나봤는데 자매님께서 걱정하실 정도로 의미가 있는 사람이 아니에요. 좋은 일을 하시고 싶으셔서 그러는 것 같은데 그 사람 빨리 죽는 게 더 나아요.

해경은 서서히 몸을 틀어 안을 바라봤다. 그리고 뚜벅뚜벅 걸어 안 앞에 섰다. 그리고 고개를 숙였다.

알겠습니다. 오늘 말씀 감사드려요. 이거 별건 아니지만 제 성의입니다. 직접 달인 거예요.

안은 뭘 이런 걸, 이러면 제가 곤란한데, 그 마음 참 고맙고 귀하네요, 중얼대며 환하게 웃었다. 언덕을 내려가던 해경은 전봇대에 손을 짚고 기대서서 잠시 가만히 있었다. 거품 같은 것이 가라

앉길, 훅 들려버린 무엇인가가 차분해지길 기다렸다. 눈이 없는 겨울은 어쩐지 더 춥다. 왜 그런 걸까. 그런 시시콜콜한 생각들을 하며 주먹을 쥐었다가 펴고 쥐었다가 폈다.

10

몇 번을 불러도 돌아보지 않았다. 윤은 손바닥
으로 쿵쿵 문을 두드렸다. 그는 흘끗 뒤를 돌아보
더니 탁한 음성으로 말했다.

시끄럽습니다.

닷새째. 그는 아무것도 하지 않고 있다. 교도소
측에서 먹고 자고 싸는 것 외에 아무것도 할 수
없도록 벌을 주고 있지만 수형자는 그보다 더 깊
고 어두운 곳으로 파고들고 있다. 밥도 물도 먹고
마시지 않고 작은 신음 소리조차 내지 않고 그저
구석에 앉아 있었다. 그는 탁자나 변기 같은 것이
되고 싶은 거다. 이럴까 저럴까 늘 고민해야 하는

생물이 아닌 차라리 사물 같은 것이 되고픈 무성적이고 무의미한 욕망. 욕망? 그것을 욕망이라고 부를 수 있을까? 윤은 잠시 생각했다. 욕망이다. 탐욕스럽고 건방진 욕망이다. 윤은 자신의 마음이 순간 붉게 물드는 것을 느끼고 당황했으나 그것을 진정시키지 않았다. 저 고요한 자존감을 부러뜨리고 싶었던 것이다. 윤은 문을 열고 들어갔다. 웅크리고 누워 있는 그 옆에 앉았다.

신해경을 만났어.

규칙적으로 오르내리던 그의 뾰족한 오른쪽 어깨가 순간 우뚝 멈춰 섰다.

너와 닮았더군.

어깨가 들썩거린다. 그의 심장이 빨리 뛰고 있고 허파도 빠르게 펄떡이고 있는 것이 느껴진다. 겉으로는 거의 알아차릴 수 없지만 속으로는 거세게 흔들리고 있었다. 뭔가가 뒤집어지고 있는 것이다. 윤은 말했다.

두려워서가 아니래. 내가 상관할 바는 아니지만.

그럼 상관하지 마세요.

돌아누운 벽처럼 완고한 뒷모습이 적의에 찬 음성으로 경고하고 있었다. 그러나 윤은 말했다.

널 지키고 싶어서라고 했어. 너를 위해 떠났다고.

눈 깜짝할 사이에, 비유도 과장도 아닌 정말로 눈 한 번 감았다 뜰 잠깐의 시간 동안 그는 몸을 뒤틀고 일어난 뒤 빠르게 윤에게 다가왔다. 윤은 순간적으로 숨을 쉴 수 없었다. 서로의 코끝이 닿을 정도로 가까이 그의 얼굴이 다가와 있었다. 속이 비칠 정도로 깊고 투명한 갈색의 눈동자 두 개가 커다란 창문처럼 윤 앞에 활짝 열려 있었다. 윤은 강한 포식자를 만난 소형 동물처럼 꿈적도 하지 못했다. 그가 말했다.

지키고 싶었다고? 그래서 버렸다고? 웃기지 말라고 그러세요. 난 그 사람을 증오하고 그 사람도 나를 증오합니다. 우리 관계는 단순합니다. 전에 말했을 텐데요. 담당님, 선을 넘으면 안 됩니다.

그러나 윤은 말했다. 눈빛에 마음이 짓눌리고 숨이 막혔는데도 때리듯 뱉어내듯 말했다. 다급한 음성으로 한 문장씩 빠르게 말했다.

나는 신해경 씨가, 널 버린 사람처럼 느껴지지

않아. 자꾸 버리려고 하는 사람은 너잖아. 말해봐. 왜 그러는 거야? 왜 그랬던 거야?

궁금해? 그걸 말하면 당신은 알게 될 거고 알게 되면 곤경에 처할 거야. 난 그걸 아는 사람을 반드시 죽였거든.

윤은 미세하게 떨며 눈을 내리깔고 그의 목을 봤다. 그가 오른손 검지와 중지를 단단하게 꼬아 날카롭게 만들어 울대 밑을 지그시 누르고 있었다. 쓱, 넣으면 쑥, 들어올 것만 같았다. 숨이 쉬어지지 않는다. 눈을 감고 싶다. 하지만 여기서 질순 없다. 조금만 견디면 내 손에서 잠잠해질 거다. 축 처진 몸을 기대고 슬픈 얼굴을 하며 고백하게 될 거다. 윤은 말했다.

그럼 일단 들어보고 내가 알지 말지 결정하는 건 어때?

한참 그 말이 무슨 뜻인지 생각하던 474번은 허탈하게 웃었다.

재미있게 말하시네요.

474번은 물을 한 모금 마신 뒤 크림이 든 빵을

조금 베어 물었다.

뭘 죽여본 적 있습니까?

불현듯 떠오른 장면. 서서히 꺼져가는 강아지
의 까만 눈동자와, 아스팔트와 흙에 스며드는 검
붉은 피. 죽인 것과 죽어가는 것을 내버려둔 것은
질적으로 얼마나 차이가 나는 걸까? 윤은 잠시
생각했다. 윤은 잠자코 그의 얼굴만 보고 있었다.
그는 푸석해진 얼굴을 손바닥으로 문질렀다.

어느 순간부터 무엇인가를 죽이게 됐습니다.
죽이고 싶다…… 뭐, 그런 마음은 아니었어요. 다
만, 뭐랄까.

그는 음, 하는 소리를 내며 헝클어진 머리를 손
가락으로 쓸었다.

아주 오래전에 들었던 이야기를 하나 해드릴까
요. 어떤 소년이 있었습니다. 그는 산골 어느 외
딴집에서 누나와 단둘이 살았어요.

그는 잠시 눈을 감았다. 안구가 천천히 움직이
면서 눈꺼풀이 부드러운 곡선으로 일렁였다. 그
는 눈을 감은 채 한 마디씩 말을 이었다. 마치 기
억을 하나씩 묘사하는 것처럼 느리고 신중했다.

어떤 이유로 인해 소년은 호적에 이름을 올릴 수 없게 됐고 때문에 그는 열다섯이 될 때까지 학교에도 병원에도 갈 수 없었지요. 하지만 괜찮았어요. 누나가 있었기 때문이죠. 누나는 엄마였고 친구였고 껴안고 잘 수 있는 곰 인형이었고 티브이였고 라디오였고 동화책이었어요. 때로는 물이나 불 같은 것이었습니다. 부드럽고 따뜻했습니다. 차갑고 뜨겁기도 했지만. 누나는 피혁공장에 일하러 갔고 소년은 누나가 돌아오길 기다렸어요. 기다림. 그것은 소년의 삶의 모든 것이었습니다. 기다리는 게 괴롭거나 외롭거나 고통스러운 적은 없었어요. 그것은 자연스러운 것이었죠. 언덕에 서서 커다란 느티나무 아래 앉아 덤불 사이 작은 바위에 서서 기다렸습니다. 사위가 어둑해질 무렵 누나는 집으로 돌아왔습니다. 빈손으로 돌아온 적은 없었어요. 검정 비닐봉지에 항상 뭔가를 담아 왔지요. 소년은 봉지 안을 확인하는 것이 기뻤어요. 특히 좋아했던 것은 게맛살이었지요. 하얀 맛살을 씹으면 비릿한…….

그는 잠시 말을 멈추고 묘한 표정으로 입맛을

다셨다.

　소년에겐 별난 취미가 있었습니다. 누나에게
도 말하지 못한 은밀한 비밀이었지요. 홀로 우두
커니 있다 보면 많은 것들이 지나갑니다. 소년은
그것들의 움직임을 멈추게 하고 싶어 했던 것 같
습니다. 처음에는 개미나 여치나 메뚜기 같은 것
들이었는데 나중에는 개구리나 병아리 박새 같은
것들도 잡았어요. 왜 그랬을까 생각해본 적이 몇
번 있었지만 스스로도 명확한 이유 같은 것은 찾
을 수 없었어요. 굳이 말하자면 무료했기 때문이
라고 해야 할까요. 딱히 재미있거나 유쾌한 것도
아니었는데 그랬습니다. 나중엔 이유가 없다, 라
고 생각하기로 했죠. 소년은 집 주위를 돌아다니
며 조금 더 큰 동물들을 찾기 시작했습니다. 그러
던 어느 날 소년은 누나에게 말해야겠다고 생각
했어요. 궁금한 것이 생겼거든요. 소년은 누나의
손을 잡고 집 뒤편으로 걸어갔습니다. 그리고 누
나 앞에서 돌을 집어 들었습니다. 그 밑에는 두더
지 한 마리가 짓뭉개져 있었습니다. 누나는 놀란
눈치였지만 애써 담담한 표정으로 소년에게 물었

어요. 네가 그런 거니? 소년은 그렇다고 했습니다. 왜 그랬니? 라는 질문에 그냥, 이라고 대답했는지 죽이고 싶어서, 라고 했는지는 확실하지는 않아요. 누나는 물었습니다. 다른 것들도 죽이니? 소년은 사실대로 말했습니다. 곤충들도 죽이고 작은 동물들도 죽이고 얼마 전에는 굶주린 들개의 목을 졸라 죽였다는 말도 했지요. 누나는 마당 한가운데에 서서 한동안 먼 산만 바라봤습니다. 소년은 그 순간 누나에게 물었지요. 누나, 아버지는 어디에 계셔? 누나는 눈을 동그랗게 만들고 소년을 바라봤죠. 그게 왜 궁금하니? 소년은 아무 말도 하지 않았습니다. 어쩐지 더는 물어보면 안 될 것 같았거든요. 누나는 손끝을 떨며 방으로 들어갔습니다. 소년은 나중에 커서 어른이 되었는데요, 과거로 돌아갈 수 있다면 단 하나만 바로잡고 싶어 합니다. 그때, 그 순간. 사실대로 말한 그 입을 틀어막을 수만 있다면.

물을 한 모금 마시고 잠시 뒤에 또 한 모금 마신 뒤 그는 고개를 돌려 창밖을 바라봤다. 노트 한 장 크기의 하늘 속에 구름도 있고 태양도 있었다. 윤은 물었다.

그걸 보고 누나가 동생을 두려워하게 된 거야?

잘 모르겠습니다. 하지만 그랬다고 생각합니다. 둘 사이에 전에 없던 침묵이 흐르기 시작했고 비밀이 늘어가기 시작했습니다. 누나는 뭔가를 말하려다 말았고 나 역시 누나에게 뭔가를 물어보려다 말았죠.

그는 어떤 생각이 떠올라 눈을 가늘게 뜨고 고개를 갸웃거렸다.

아, 이상한 일이 하나 있었어요. 왜 그랬는지, 왜 그래야 했는지, 지금도 잘 모르겠지만 난 결국 누나에게 그걸 말하지 않았고요. 담당님께 처음으로 하는 말입니다. 비밀.

그가 미소를 지었고 윤은 웃었다. 순간의 웃음이 수감실의 온도를 살짝 올려주는 것 같았다.

그날은 가을이었어요. 산 색깔도 울긋불긋해졌고 바람에 찬 기운이 섞여 있어 겉옷을 입고 누나를 기다렸죠. 갑자기 비가 내리기 시작했습니다. 한나절, 아니 고작 세 시간 정도 내린 것 같은데

산이 무너져 내렸어요. 그런 비는 처음 봤습니다. 태풍도 그렇게 사납지 않을 겁니다. 돌풍이 불었고 비가 파도처럼 하늘로 솟았다가 땅으로 쏟아져 내렸죠. 놀란 마음에 바위틈에 몸을 집어넣고 온 힘을 다해 비바람과 싸웠습니다. 허공으로 돌멩이들과 뿌리째 뽑힌 나무가 비닐봉지처럼 날아다니는 광경은 두려움을 넘어 초현실적이기까지 했습니다. 바람이 멎고 빗줄기가 약해지면서 먹구름 사이로 한 줄기 햇살이 보이더군요. 그 순간 산사태가 일어났어요. 산허리 한쪽이 우르르 무너지면서 거대한 흙길이 생겼습니다. 멀리서 봤다면 산을 타고 커다란 흙폭포가 생겼다고 생각할 정도로 위압적이었죠. 날씨는 거짓말처럼 맑고 평온해졌습니다. 하지만 늘 보던 풍경이 달라졌죠. 길이 사라지고 숲이 바뀌고 뒷산의 일부분이 잘려 나갔습니다. 비바람과 안개 한가운데 커다란 입을 가진 괴물이 산과 땅을 씹어 삼킨 뒤 토해놓은 것 같은 처참한 모습이었습니다. 새들이 흙더미에 깔려 있었고 청솔모와 다람쥐 같은 작은 동물들이 부러진 나뭇가지마다 떨어진 열매처럼 누워 있었죠. 바위에 앉아 가만히 바라보기 좋았던 꽃 덤불도 흙에 뒤덮여 잔디 없는 무덤처럼 변했습니다. 그때 저 멀리 들개 한 마리가 바닥에 머리를 박고 있는 것을 발견했습니다. 갈비뼈가 다 드러날 정도로 비쩍 마른 개였는데 뭔가에 정신이 팔려 주변에 누군가 지켜보고 있다는 것도 인지하지 못하더군요. 부주의함. 나는 그것이 참 싫습니다. 갑자기 그것을 사냥하고 싶다는 생각이 들더군요. 부러진 나무의 뾰족한 면을 창처럼 쥐고 조용히 다가갔습니다. 정확하게 던지면 박힐 수도 있는 거리에 서서 던질지 더 다가가서 직접 찌를지 고민하던 차 뭔가를 발견하고 나무를 내려놓고 말았죠. 개는 사체를 뜯어 먹고 있었어요. 남자였죠. 남색 유니폼을 입고 단정하게 누워 있었습니다. 두 팔은 엇갈려 배 위에 놓여 있었고 두 다리도 곧게 펴고 있어 언뜻 보면 땅속에 들어가 고요히 자고 있는 것 같은 모습이었죠. 목에 세 번 이상 찔렸을 것으로 예상되는 구멍이 뚫려 있지 않았다면 누군가에 의해 죽임을 당한 것이 아닌 스스로 죽었다고 생각했을 겁니다.

죽은 사람을 본 건 그때가 처음이었습니다. 그건 죽은 동물과는 확연히 다르더군요. 한참 찬찬히 살폈어요. 누가 이런 짓을 한 걸까? 곧이어 기이한 감정에 휩싸였습니다. 처음 느낀 감정이었기에 이름을 붙일 수 없었는데 지금 생각해보니 두려움 혹은 경외심이라고 말할 수 있을 것 같아요. 누나가 돌아오기 전까지 한참 그것을 지켜보다가 흙으로 덮은 뒤 발로 꾹꾹 눌러 단단하게 다졌어요. 누나에게 말할까 고민했는데 결국 말하지 않았어요. 그리고 한 계절이 흘렀고 눈이 펑펑 쏟아지는 어느 날, 누나는 커다란 꽃게 한 마리를 쪄주고 집을 떠났습니다.

그는 손을 쫙 펴고 하얀 손바닥을 오래도록 바라봤다. 물가에 서서 투명한 물속에 무엇이 있는지 보려는 눈으로.

세월이 많이 흘렀습니다. 소년은 누나를 용서했어요. 아니 했다고 생각했습니다. 많은 일을 겪었고 그만큼 많은 일을 잊어버렸죠. 삶은 이해할 수 없는 것들로 가득하다는 것을 깨닫기 충분한 시간이었으니까요. 누나의 일도 그것들 중의 하나일 뿐이라고 받아들이게 된 거죠. 소년은 삶의 가장 큰 의문을 해결하지 못하고 자라났습니다. 그러나 생각해보면 삶이 나름의 방식으로 답했다고 생각합니다. 그런데 누나를 다시 만난 순간 오래전 그날이 고스란히 되살아났고 똑같은 감정과 크기로 다시 버려지는 기분을 느꼈어요. 이미 외톨이였는데 완전한 외톨이가 된 것 같은 끔찍한 기분이랄까요. 두려웠어요. 괜찮아지기까지 다시 그 긴 세월을 보낼 자신이 없었거든요.

그의 목소리엔 아무것도 없었다. 온도도 없고 감정도 없었다. 이런 일이 있었다. 그다음엔 저런 일이 있었다. 책을 읽듯 그렇게 무심히 말했다.

아버지는 찾았어?

그는 고개를 가로저었다.

아니요. 만난 적도 없고 찾아볼 생각도 하지 않았어요.

그런데 왜 아버지의 행방을 물었지?

묻고 싶었을 겁니다.

무엇을?

소년은 궁금했습니다. 내 피와 심장 속에 도대체 무엇이 숨어 있을까. 아무리 생각해봐도 그것은 누나에게 물려받은 것은 아니었습니다. 때문에 누나는 알 수 없겠지요. 하지만 아버지는 알고 있을 것 같았습니다. 왜…… 뭔가를 계속 죽이게 되는지.

누나? 엄마가 아니고?

아, 당시 소년은 누나가 실은 어머니라는 사실을 어렴풋이 알게 됐어요. 그동안 이상하게 짝이 맞지 않던 몇 가지 기억과 의문들. 왜 난 출생신고조차 안 된 아이로 자라야 했을까. 왜 난 학교에 갈 수 없을까. 왜 누나는 나를 숨겼을까. 왜 그토록 우린 이사를 많이 다녀야 했을까. 왜 지금 사는 곳은 이렇게 외진 곳에 있어야 할까. 그런데 어느 날 의문들이 단번에 풀리더군요. 그런 순간이 있잖아요. 모든 것들을 그냥 알게 되는…… 그래서 어머니에 대해선 묻지 않았던 겁니다.

둘은 오랫동안 말없이 있었다. 윤은 그의 빨간 명찰을 쳐다봤다. 외부로 드러난 심장의 일부처럼 명찰은 위로 아래로 규칙적으로 움직였다.

그 후로 어떻게 살았어?

그는 후, 소리를 내며 숨을 길게 내뱉고는 가볍게 웃었다. 그의 얼굴이 처음 만났을 때처럼 단단하고 기이한 표정으로 서서히 바뀌었다.

집 없고 가족이 없던 소년은 떠돌이가 됐습니다. 하고 싶은 것을 하고, 하기 싫은 것을 하지 않고 살았어요. 그는 점점 단단해졌고 무심한 사람이 됐습니다. 자극에 무디어졌고 모든 것에 무관심해졌습니다. 실망하는 일도 없었고 더 이상 호기심도 의문도 없었어요. 그는 본질이 이끄는 대로 살기 시작했습니다. 능력이 필요한 자들에게 능력을 팔았습니다. 서로에게 좋았지요. 그의 존재는 어디에서도 증명받을 수 없었고 증명할 수도 없었으니까요. 때문에 그는 어디에서나 어떤 방식으로든지 존재할 수 있었습니다.

그는 두 손바닥을 비벼 열을 만들어 눈에 갖다 댔다.

열일곱이 되던 봄. 배를 타고 블라디보스토크로 건너갔습니다. 그곳에서도 그를 찾는 사람들은 많았어요. 누군가를 죽이고 싶어 하는 사람은 어디에나 많습니다. 그는 죽이고 싶은 사람이 없지만 사람을 죽입니다. 어떤 이는 죽이고 싶어 하는 사람이 있지만 자신의 손으로 죽이지 못합니다. 그는 그런 이들을 대신해 손이 되고 칼이 되었습니다. 원하지 않고 하고 싶지 않았지만 그렇게 했지요. 그는 지금도 스스로를 죄인으로 생각하지 않습니다. 법은 일어난 일의 결과로 죄를 판단합니다만 사실 인간은 결과로 죄를 짓는 게 아닙니다. 의도가 죄죠. 그는 물리적인 도구에 불과하거든요. 그를 움켜쥐고 분노하고 흥분하며 죄를 짓는 사람들은 따로 있는 것이지요. 겁쟁이들은 저로 인해 강해졌고 원한이 많았던 자들은 저로 인해 원한을 풀었습니다. 그는 그 대가로 삶을 유지할 수 있었습니다. 조사관들이 저를 유령이라고 하는 소리를 들었습니다. 맞는 말입니다. 존재를 숨겨야 존재할 수 있는 사람. 그게 나였습니다. '쁘리즈락', 그곳에서 저를 부르는 명칭입니다. 여기 말로 '유령'이지요.

그는 자리에서 일어선 뒤 스트레칭을 했다. 목을 돌리고 손목을 돌리고 앉았다 일어섰다를 몇 번 하고 허벅지를 손으로 눌렀다. 그리고 산책하듯 방을 돌았다. 역시 발소리가 들리지 않네. 윤은 그의 앙상한 발을 보며 생각했다.

39번지. 허름한 3층짜리 목조 건물. 어둡고 축축했던 좁은 방들과 가난한 사람들. 기침하고 피 흘리는 사람들. 약에 취해 반쯤 풀린 눈으로 모든 것들에 기이한 색을 입혀보는 사람들. 비둘기 똥으로 더러워진 창틀과 양배추와 삶은 고기. 램프가 놓인 작은 책상 앞에 앉아 눈이 쏟아지는 거리를 멍하니 바라보는 어느 겨울 낮도 떠오르네요. 눈송이가 너무 커서 하늘에서 새가 떨어진다고 생각할 정도였죠. 작은 상점의 짙은 녹색의 문. 열릴 때마다 울리는 종소리. 선술집에서 저녁을 먹고 우울한 이들이 카드놀이를 하는 모습을 지켜보곤 했죠. 연말이 되면 유행에 뒤처지는 검은 옷을 입고 도로 곳곳에 얼어 있는 접시 모양의 까만 얼음을 장화로 밟아 깨뜨리며 야쿠츠크의 연말파티에 가기도 했어요. 술과 초콜릿을 먹는 사람들. 썩은 고기를 지키는 늙은 늑대 같은 사람들이 서로의 얼굴에 주먹질을 해대는 우스꽝스러운 모습들. 술에 취한 경찰관이 끔찍하게 슬픈 얼굴로 부르는 노래에 박수를 보내기도 했죠.

그는 짝. 짝. 박수를 쳤다.

러시아 사람들은 묘한 구석이 있습니다. 겨울의 세계에서 나고 자란 탓인지 몸도 마음도 말투와 음성까지 조금씩 얼음이 섞여 있습니다. 얼음 바다를 보신 적 없으시겠죠. 겨울이 오면 그들은 바다 위에 서 있습니다. 걷고 뛰고 뒹굴기도 하죠. 톱으로 길고 좁은 구멍을 뚫어요. 구멍이라기보다 뭐랄까, 일인용 수영장 같아요. 그들은 옷을 벗고 그곳에 들어갑니다. 수염에 얼음을 달고 추위에 벌벌 떨면서도 웃고 떠들며 술을 마셔요. 하얗게 언 바다에 그런 얼음 구멍이 곳곳에 뚫려 있고 사람들은 온천을 즐기듯 들어가 놉니다. 오래 있기 시합을 하고 배가 지나간 곳을 따라 헤엄치며 가장 먼 바다까지 나가는 경주를 합니다. 말씀 드렸다시피 전 추위를 타지 않습니다. 때문에 누구보다 먼 곳까지 누구보다 오랫동안 얼음이 섞인 바다를 헤엄칠 수 있죠. 사람들은 환호합니다. 작고 까만 씨앗 같은 동양인이 너무도 자유롭게 얼음과 눈 속을 누비고 다니니 신기했던 모양이지요. 그들은 나를 연호했습니다. 얼음 사나이! 얼음 사나이! 소리쳐 부르며 응원해줬죠. 나는 얼음 바다에서 헤엄치는 게 좋았습니다. 헤엄치다 보면 사람들의 소리도 들리지 않고 파도의 소리도 들리지 않고 바람 소리마저 사라지는 진공의 시간 같은 것이 찾아옵니다. 어지럽고 팔다리에 점점 힘이 빠지는…… 뭐랄까요, 소멸하는 연기 같은 느낌이랄까. 알고 있어요. 그것이 죽어가는 느낌이라는 것을요. 그러나 그 느낌, 참 좋습니다. 지느러미가 생기고 비늘이 돋아나는 것 같은 자유로운 기분이 들어요. 입안에 들어온 물. 뱉어내면 다시 입안에 가득 차는 물. 그렇게 계속 헤엄치다 보면 정말 물고기 같은 것이 되어 저 깊은 물속에서도 숨을 쉴 수 있을 것 같았죠. 그러면 어린 시절이 떠오릅니다. 누나가 내 몸을 씻겨주고 있어요. 우린 함께 커다란 통에 들어가 서로의 몸에 물을 끼얹어줍니다. 상처가 나지 않게 부드럽게 거품을 내어 등을 문질러줍니다. 몸을 닦고 알몸으로 서서 서로의 몸을 살펴요. 연고를 발라주고 로션을 손바닥에 덜어 부드럽게 발라줍니다. 손길이 머무는 곳마다 눈길이 머무는 곳마다 상처가 아물고 치료되는 기분. 그게 좋았어요. 물살은 그걸 떠오르게 했습니다. 그러면서도 마음 깊은 곳에서 동굴의 소리처럼 누나가 하는 말이 들려왔습니다. 뜨거운 물과 차가운 물에 들어가서는 안 돼. 무섭고 엄하게 혼내는 누나의 음성. 빨리 나와! 그 말을 거역하는 기분으로 멀리까지 헤엄치다가 누나의 말을 따르는 슬픈 기분으로 물 밖으로 걸어 나오곤 했어요. 삶이 그렇게 중요한가. 죽기가 그렇게 싫은가. 어떤 수치와 치욕을 느끼며 몸에 묻은 물기를 닦고 아무 느낌도 없는데 추운 척을 하며 몸을 떨고 사람들과 함께 불꽃이 춤추는 모닥불 앞에 서곤 했습니다. 하얀 얼음 평원 사이로 물속에 파놓은 관처럼 푸른 어둠이 출렁이는 아득한 모습을 보고 있으면 누나가 생각납니다. 머리를 흔들고 스스로에게 화를 내도 누나가 보여요. 그럴 때면 부두의 탑에 올랐어요.

먼 바다 끝. 희미한 수평선이 보입니다. 얼어붙은 수면을 깨며 느리게 나아가는 쇄빙선을 보신 적 있으십니까? 콰콰콰콰콰콰 부서지며 우는 바닷소리. 그 기이한 울부짖음을 듣고 있으면 미움과 그리움은 서로 다른 감정이 아니라는 것을 알게 됩니다.

그는 계속 미움과 그리움이라는 말을 번갈아가며 중얼거렸다. 나중엔 너무도 작은 소리로 들리지 않게 소곤거려 방 안엔 움, 이라는 희미한 울림과 떨림만 가득했다. 움. 움. 움.

지금껏 혼자 잘 살아왔습니다. 떠오르는 기억을 막을 수야 없겠지만 휘둘리지 않도록 시달리지 않도록 생각과 마음에 못을 박아 자라지 않게 했습니다. 감정에 그 어떤 빛도 들어오지 않도록 두꺼운 커튼을 내렸어요. 일을 끝내면 작은 보상으로 캔 콜라를 마시고 뚜껑을 유리병에 던져 넣을 때마다 되뇌었어요. 헷갈리면 안 돼. 누구도 믿지 말자. 다정함에 흔들려서 안 되고 무정함에 실망해서도 안 돼. 할 수 있는 일을 하고 할 수 없는 일은 하지 말자. 일을 하고 그 일을 더 잘할 수 있도록 노력하자. 깊게 생각하지 말고 어두워지면 잠들자. 그랬는데 왜 난 다시 여기에 돌아와 누나를 찾았던 걸까요. 부서졌던 시간이 다시 모이고 있습니다. 일그러진 그림. 기괴하게 조립된 얼굴. 한쪽은 웃고 있고 한쪽은 울고 있습니다. 떠나가고 버려지고. 두 가지 일은 동시에 일어날 수 있습니다. 보고 싶고 죽이고 싶고. 두 가지 생각도 동시에 할 수 있어요. 사랑하고 미워하고. 두 가지 감정도 동시에 가질 수 있습니다. 누나와 엄마. 오피스와 무미야. 한 사람이 두 존재가 될 수도 있어요. 이젠 이 혼란을 멈추고 싶습니다. 담당님. 이해하시겠습니까?

윤은 한참 뒤 답했다.

심정에는 이해하지만 말에는 동의할 수 없어.

그런가요? 그는 전원이 나간 기계처럼 그 말을 끝으로 자리에 누운 뒤 눈을 감았다. 윤은 한참 그를 바라보다 한쪽으로 뭉쳐 있는 이불을 펴고 목까지 올려줬다. 그때 윤의 손등과 474번의 손등이 스쳤다. 차가웠다. 그리고 그 느낌은 곧바로 휘발됐다. 마치 물방울이 맺히고 그것이 어느새 흔적도 없이 증발해버린 것 같은 그런 느낌. 윤의 등 뒤로 문이 닫혔다. 윤은 복도를 걸었다. 그가 불쌍하다고 생각했다. 그리고 곧바로 불쌍하다고 느낀 감정에 당황스러워했다. 윤은 되새겼다. 그는 열두 명을 죽였다. 죄책감도 없이 사람을 죽이는 자다. 그러나 서글펐고 화가 났다. 누구에게 향한지 알 수 없는 복잡한 느낌이었다.

11

윤.

네.

474번 곧 집행한다더라.

…….

소장은 곤란해하는 얼굴로 이마를 매만지고 휴지로 코를 풀었다.

조만간 발표하고 봄 오기 전에 신속하게 처리된다니까 준비하고 있어. 마지막까지 불미스러운 일 없도록 신경 쓰고.

박 교감이 물었다.

그럼 다른 사형수들은 어떻게 되는 겁니까?

글쎄. 거기까진 결정하지 못한 모양이야. 여론이 워낙 개판이라 급한 불부터 끌 모양인데 일단은 이걸 계기로 사형 집행이 시행되는 쪽으로 바뀌는 건 아닐 것 같다. 개별사항으로 처리할 확률이 높아.

최 교위가 물었다.

공식적으로 공문이 내려온 겁니까? 다른 수형자들에게는 걱정할 필요 없다고 말해줘도 되나요?

공식적인 건 아닌데 거의 결정된 거야. 며칠 내로 발표한다고 했어. 그리고 다른 수형자들은 음…….

소장은 무슨 말을 해야 할지 잠시 말을 고르는 것 같더니 불쑥 화를 냈다.

아, 몰라. 나도 모른다고! 이게 앞으로 어떻게 될지 내가 어떻게 알아. 미친 새끼가 왜 하필 여기로 왔을까. 말년에 이게 무슨 개고생이냐고. 안 그래?

소장님.

윤이 말했다. 그리고 한참 말을 잇지 않았다.

소장을 비롯한 교도관들이 일제히 윤을 쳐다봤
다.

그러면 금치 풀어주는 게 어떨까요?

소장은 인상을 찌푸리고 검지로 오른쪽 눈썹을
긁었다.

기억 안 나? 교도관들을 죽이겠다고 협박해서
그런 거잖아. 뭐 지금 곧 죽을 놈이니까 잘해주자
는 거야? 아니면 같이 있다가 정이라도 들었어?
스톡홀름 증후군? 뭐 그런 거?

윤은 입술을 다문 채 아무 말도 하지 않았다.

박이 윤의 등을 두드리며 말했다.

윤 교사 말도 일리가 있어요. 형 집행하는 쪽으
로 결론 나면 아마 인권 단체나 종교계 쪽에서 쑥
들어올 겁니다. 기본 권리나 인권 같은 최소한의
권리 같은 것들이 잘 이행되는지 들쑤시고 다닐
텐데 괜히 꼬투리 잡힐 수 있어요. 특히 접견이라
든지 종교인이나 상담 쪽은 풀어줘야 할 겁니다.

소장은 꼬투리, 라는 말을 오징어 씹듯 입에서
중얼거리다가 귀찮은 듯 인상을 찌푸리며 말했
다.

알았어. 마음대로 해. 대신 언론 쪽은 절대로
만나게 하면 안 돼.

해경과 474번은 마주 앉았다. 둘은 말없이 서
로를 바라봤다. 해경은 동생의 가슴 왼편의 붉
은 명찰을 봤다. 창백한 피부와 움푹 꺼진 두 뺨
이 그간 어떻게 지냈는지 짐작하게 했다. 그는 두
꺼운 플라스틱창 너머로 자신을 바라보는 해경의
눈을 봤다. 좀처럼 감정을 읽어낼 수 없는 눈동
자. 카메라 렌즈처럼 활짝 열려 있었으나 표정이
없었다. 해경은 투명한 벽에 손을 대고 잠시 가만
히 있었다. 그리고 입술을 열었다.

왜 그러는 거야.

그는 시선을 약간 틀어 허공을 보며 건조하게
말했다.

상처를 주고 싶었어.

뭐?

누나에게 소중한 것을 잃게 하고 싶어. 그게 나
라면…… 나를 없앨 거야. 누나도 내게서 누나를
가져갔잖아.

해경은 그 말이 무엇인지 알았다. 눈앞에서 고통을 겪어 그걸 지켜보는 나를 벌주려는 분노한 아이의 심리를.

알겠으니까, 그만해.

알아? 뭘? 아주아주 먼 곳에 있었어. 내가 그동안 어떻게 살았는지 누나는 몰라. 짐작도 못 할 거야.

이제 누나가 곁에 있잖아.

그는 머리를 감싸고 어금니를 꽉 깨물고 말했다.

됐어. 상처 줄 수 있는 건 딱 한 번뿐이야.

접견실에 침묵이 흘렀다. 둘은 마비된 사람처럼 꼼짝 않고 앉아 있기만 했다. 그 시간은 실제로 1분쯤이었지만 밖에서 이 모습을 지켜보던 윤에겐 무척이나 길게 느껴졌다. 공기가 희박해진 것처럼 호흡에 불편을 느낄 정도였다. 윤은 입술을 꾹 다물고 무의식적으로 침을 삼켰다. 해경은 숨을 길게 내뱉고 안경 안으로 두 손을 집어넣어 마른세수를 했다. 양미간에는 날카로운 주름이

새겨져 있었다. 틀어진 안경테를 바로잡고 허리
를 꼿꼿이 편 뒤 감정이 느껴지지 않는 눈으로 동
생을 봤다. 순간 눈빛이 달라졌고 그는 무의식적
으로 고개를 돌리고 말았다. 말을 듣지 않을 때마
다 누나는 무서워졌다. 엄했고 단호했다. 불쑥 그
시선이 떠오른 것이다. 해경은 싸늘한 말투로 말
했다.

하나도 자라지 않았구나. 철없고 고집스러운
건 옛날과 똑같아. 일일이 설명할 시간 없어. 잘
들어. 세상에 존재하는 모든 인권 단체에 편지를
쓰고 판사와 검사와 대통령에게까지 편지 쓸 거
야. 절대로 네 마음대로 그렇게 죽게 내버려두지
않을 거야.

그는 고개를 들고 해경을 봤다. 얼음처럼 차가
운 불꽃같은 게 눈동자 안에서 이글거렸다. 그걸
보고 왜인지 모르지만 그는 눈물이 나려고 했다.

아버지가 어디 있냐고 물었지? 누구를 닮았는
지…… 왜 자꾸 원치 않는 일을 하게 되는지 궁금
했던 거지?

해경은 눈을 깔고 한동안 가만히 있다가 묘하

게 미소 지으며 말했다.

　아버지는 아니야. 그 사람은 하찮은 사람이라 너와 내게 물려줄 게 하나도 없었어. 너에게 뭔가 있다면 그건 아버지 쪽이 아니야. 어머니 쪽이지. 아름다움. 용기. 단호함. 신경. 피부. 운명까지 쏙 빼닮았어.

　해경은 아무 소리도 내지 않고 입 모양으로만 뭔가를 말했다.

　그는 깜짝 놀라며 상체를 뒤로 넘겨 해경에게서 멀어졌다. 해경은 아무 반응을 보이지 않았다. 고개조차 까딱하지 않았다.

　그러니까 못난 짓 그만해. 널 버렸다고 생각하겠지. 맞아. 널 버렸어. 억울하고 화나면 거기서 멍청이처럼 있지 말고 무슨 수를 써서라도 살아서 복수할 생각을 해. 내가 널 두려워했다고? 내가? 널? 아니. 난 내가 두려웠어. 널 죽일까봐. 이렇게 마음대로 죽을 줄 알았다면 널 떠나지 않았을 거야. 그때 그냥 죽여버렸지.

　해경은 자리에서 일어섰다.

신해경이 다녀가고 일주일이 흘렀다. 우려했던 것과 달리 그는 평소와 크게 다르지 않은 모습을 보였다. 다만 더 이상 윤과 어떤 대화를 하고 싶어 하지 않았다. 갑자기 노인이 된 것처럼 모든 것에 흥미를 잃은 듯 보였다. 마치 엔진이 꺼진 차가운 기계처럼 열기도 생기도 사라져버렸다. 호기심 가득한 눈으로 윤의 표정과 행동을 살피며 뭔가를 이야기하고 싶어 했던 때와는 전혀 다른 사람 같았다. 윤은 그가 걱정됐다. 먼저 말을 걸어보기도 했고 원한다면 잠깐이라도 운동장에 나갈 수 있도록 건의해주겠다고 했으나 별다른 흥미를 보이지 않았다. 2월의 첫날. 눈이 없고 햇살이 밝아 유난히 따뜻한 아침. 조용히 식사를 하던 그는 수저를 내려놓고 복도에 서 있는 윤에게 말했다.

담당님. 죽고 싶지 않아요.

474번은 국가인권위원회와 인권 단체들, 사형제 폐지를 주장하는 NGO들에 편지를 쓰기 시작했다. 죄를 뉘우칩니다. 교화를 원합니다. 건전한 사회 복귀를 희망합니다. 또박또박 힘주어 간절히 써나갔다. 법무부에도 편지를 썼다. 국가 의무로 규정한 수형자에 대한 교정교화와 사회적응능력 함양을 시행해달라는 내용이었다. 윤은 그걸 어떻게 해야 할지 고민하다가 그냥 그가 원하는 대로 모두 발송했다. 어차피 수형자의 편지를 검열하는 것은 위법이기에 혹시 문제가 되면 소장에게 그렇게 말하면 될 것이다. 편지가 교도소를 빠져나갔고 소장의 귀엔 정확히 사흘 만에 소식이 전해졌다. 법무부에서 가장 먼저 전화가 왔고 이어서 인권위원회와 기독교 단체에서도 연락이 왔다. 정부기관에서 몇 가지 확인할 것이 있다고 찾아온 뒤 수형자 관리를 얼마나 잘하는지 지켜보겠다는 말을 남기고 돌아갔다. 교정국에선 이 문제가 빨리 해결되지 않으면 소장의 거취 문제가 애매해질 거라고 경고했다. 유능한 사람은 일을 키우지 않고 단순하게 처리하는 능력이 있어야 한다는 충고도 덧붙였다. 그렇게 사형을 시켜달라고 발악하더니 곧 사형이 집행되려고 하니까 마음을 바꾸고 이젠 살기 위해 발버둥 친다? 이

것 봐라. 소장은 이 모든 것이 가능하도록 한, 배후에 뭔가가 있다는 걸 깨달았다. 소장은 474번의 개인 기록을 살폈다. 그가 누군가와 만났고 그리고 며칠 뒤 그의 심정에 어떤 변화가 일어났음을 알았다. 소장은 중앙통제실을 찾았다. 마침 윤이 의자에 앉아 CCTV를 보고 있었다. 소장은 자리에서 일어서려는 윤의 어깨를 손으로 누르며 말했다.

윤.

네.

윤은 자신을 싸늘하게 내려다보는 소장의 눈을 보며 대답했다. 소장은 소리를 높여 다시 말했다.

윤!

윤은 대답하지 않았다. 소장은 474번의 방을 비추는 화면을 손으로 눌렀다. 474번은 고개를 들어 창밖을 바라보고 있었다.

474번. 요즘 열심히 편지를 쓰고 있다면서.

네. 그러는 것으로 알고 있습니다.

그런데 왜 보고를 안 했지?

편지를 쓰는 것은 알았지만 무슨 내용인 줄은

몰랐습니다. 검열은 금지되어 있지 않습니까?

윤. 너 지금 나랑 놀자는 거야?

윤은 입술을 꾹 다물고 눈에 힘을 주며 무슨 말인지 모르겠다는 표정을 지었다.

접견 온 신해경이라는 여자. 누구야?

잘 모릅니다.

몰라?

네. 아시다시피 수형자 접견 시 입회가 금지되어 있어서.

야 이 개새끼야! 너 거기에 있었잖아.

소장은 소리쳤고 윤은 당황한 얼굴로 더듬거리며 답했다.

그게…… 혹시 모를 위험에 대비하려 접견실 밖에 있었을 뿐 나누는 이야기는 듣지 못했습니다.

그래? 따라와.

문이 열렸다. 소장은 복도에 서서 474번을 쳐다봤다. 소장이 방 안으로 들어가자 반사적으로 박 교감과 최 교위도 따라 들어갔다. 소장은 흘낏 뒤를 돌아보고 윤에겐 밖에 서 있으라 했다. 윤은 불안한 눈으로 복도에 서서 방을 바라봤다. 소장이 말했다.

일어서.

그는 순순히 자리에서 일어섰다.

죽고 싶다고 난리 칠 때는 언제고 이제는 또 살고 싶다고 난리네요. 왜?

그는 고개 숙인 채 아무 대답도 하지 않는다.

사형시키지 않으면 교도관들을 죽이겠다, 해놓고 이제는 우리보고 교정과 교화에 힘써달라고 하셨죠. 왜?

죽고 싶지 않습니다. 앞으로 교도관님들 말에 잘 따르고 교화에 힘쓰겠습니다.

소장은 주머니를 뒤져 둥글게 말린 껌을 찾아 껍질을 벗긴 뒤 입에 넣고 씹기 시작했다.

여긴 당신이 살아 나갈 방법을 협상하는 곳이 아닙니다.

소장님이 절 싫어하신다는 거 압니다. 그렇다고 해도 제 의견이 묵살당해서는 안 된다고 생각합니다.

하, 소장은 껌을 씹다 말고 어이가 없다는 듯 웃었다.

사람들은 참 이상해요. 살인자가 유년기가 불행했다. 가정 환경이 안 좋았다. 신이 나를 버렸다. 우울했다. 정신이 이상하다. 그러고 질질 짜면 사람들이 동정해준단 말이죠. 사람들이야 그렇다 쳐도 심지어 니들도 스스로를 불쌍히 여기고 있는 것 같아요. 뭔가 억울한 것처럼. 난 오래전부터 그게 참 이상했어요.

소장은 바닥에 가지런히 놓여 있는 편지지와 볼펜을 발끝으로 밀어 공을 다루듯 요리조리 건들더니 복도로 차버렸다.

여기저기 좀 만져주고 싶은데요 그랬다간 또 편지 써서 가혹 행위니 인권 유린이니 그 지랄 하겠죠. 이것만 알아두세요. 머리 쓰지 마요. 복잡하게 굴지도 말고 그냥 죄를 뉘우치고 사죄하는 마음으로 남은 날들을 보내세요. 어차피 넌 곧 죽을 테니까요. 사형수가 사형을 당했다. 무슨 문제 있어요? 말이 되잖아요. 그때 네가 나한테 그랬죠. 한 번 더 협박하면 죽이겠다고. 하지만 네 모습을 좀 봐요. 그 말이 얼마나 허풍인지.

씹던 껌을 바닥에 퉤, 뱉고 소장은 말했다.

미친 새끼.

그는 바닥에 달라붙은 부서진 이빨 같은 하얀 껌을 응시했다. 문밖으로 나가려던 소장은 아, 하며 멈춰 섰다. 그리고 뒤를 돌아보며 말했다.

아아, 누가 널 두 번이나 찾아오셨던데요. 이름이 뭐였더라…… 신해경? 그 사람과는 어떤 관계실까?

겉으로는 별다른 반응을 보이지 않았으나 그의 눈동자가 커지고 처져 있던 어깨에 긴장이 실리는 것을 윤은 봤다.

고아라면서 그래서 주민등록번호도 없다면서 혹시 가족 중 한 분은 아니실지…… 무척이나 궁금합니다. 어머님? 누님? 아니면 이모나 고모? 그게 누구든 그 사람은 곧 유명해질 겁니다. 신문에 이런 기사가 뜨지 않을까요? 베일에 싸인 정체불명의 살인자의 가족 드디어 나타나다!

어어! 그 순간 박 교감이 474번을 손가락으로 가리키며 소리쳤다.

피. 피. 피가 나요.

그의 입에서 울컥 피가 쏟아졌다. 입안 가득 피를 머금고 있다가 갑자기 뱉어내는 것처럼 입가와 턱, 목까지 갑작스레 시뻘건 피로 물들었다. 최 교위는 주먹으로 문을 쿵쿵 치며 응급 상황이 생겼음을 알렸고 당황한 소장은 뭘 어떻게 해야 할지 몰라 엉거주춤 서 있기만 했다. 그가 고통스러운 표정을 짓고 입을 크게 벌려 끔찍한 비명을 질러댔다. 그리고 바닥에 쓰러져 발작하듯 몸을 떨었다. 흐르는 피가 길게 늘어져 바닥에 웅덩이처럼 고이는 걸 보고 소장은 무릎을 꿇고 주저앉아 가슴 주머니에서 손수건을 꺼내 그의 입을 틀어막았다. 윤은 발작하는 그의 어깨 밑으로 이불을 집어넣으며 생각했다. 고통스러운 표정? 그는 고통을 느끼지 못하는데?

그때였다. 통증에 몸부림치던 그가 빠르게 몸을 뒤집어 두 팔로 소장의 뒷목을 붙잡고 힘껏 당겼다. 그리고 입을 크게 벌리고 이빨을 앞으로 내밀어 울대 밑부분을 힘껏 물었다. 소장은 외마디

비명을 지르며 바닥에 쓰러진 뒤 빠져나오기 위해 필사적으로 움직였다. 그러나 그는 두 발을 소장의 갈비뼈에 감아 발목을 교차시켜 단단히 고정시켰다. 박 교감은 그의 허리를 붙잡고 떼어내려고 힘을 썼다. 하지만 그는 꿈쩍도 하지 않았다. 윤은 왼손으로 그의 머리카락을 움켜잡고 오른손으론 귀를 잡은 뒤 힘껏 당겼다. 그러나 그는 그럴수록 더 깊게 파고들었다. 두 눈을 부릅뜨고 이리저리 굴리며 박과 윤의 행동을 모두 확인하면서도 결코 입을 벌리지 않았다. 아니, 더 강하고 잔인하게 이빨과 이빨을 맞물려 갈기 시작했다. 마치 뭔가를 집요하게 잘라내듯 턱을 빠르게 움직였다. 화장지를 갖고 온 최 교위가 이 광경을 보자마자 허리춤에 차고 있던 곤봉을 꺼내 그의 등과 어깨를 강하게 내리쳤다. 윤은 그의 허벅지를 밟고 주먹으로 뒤통수를 수도 없이 내리쳤다. 머리와 이마에 피가 흘러내렸지만 그는 눈썹 하나 꿈쩍하지 않았다. 그는 소장의 목에 구멍이라도 내려는 듯 집요하지만 차분하게 일정한 힘과 속도로 턱을 움직였다. 마침내 가스총이 그의

코와 눈에 발사됐고 그는 입을 벌렸다. 그는 교도
관들에게 붙잡혀 제압당하는 중에도 바닥에 쓰러
져 피를 흘리는 소장에게서 눈을 떼지 않았다. 소
장의 목은 너덜너덜해졌다. 피부가 찢기고 살점
이 드러났다. 선홍색 핏방울이 후두두둑 떨어졌
다. 교도관들과 기동 순찰팀이 소장을 들것에 싣
고 구급차를 향해 달렸다. 구획마다 통로를 차단
하는 철문은 완전히 개방됐다. 개처럼 입맛을 다
시며 피 구덩이에 앉은 그를 윤은 멍하니 바라봤
다. 그는 손바닥으로 자신의 입을 대충 닦아내 허
벅지에 문질렀다. 그리고 혀를 굴려 입안을 이리
저리 훑은 뒤 바닥에 퉤, 뱉어냈다.

12

사람의 피부는 묘해. 부드러운 비단 같다가도 때론 가죽처럼 질겨. 바늘 하나도 이겨낼 수 없으면서 추위와 더위, 얼음 폭풍과 모래바람은 견뎌낼 수 있지. 해경은 감자 껍질을 깎다 말고 칼끝으로 손가락과 손바닥을 눌러봤다. 잘 다룰 수만 있다면 이런 과도 따위 장난감보다 안전해. 그러나 조금만 힘을 주면? 해경은 칼끝에 살짝 힘을 줬다. 이렇게 위험하지. 해경은 검지 끝에 맺힌 작은 핏방울을 엄지로 털어냈다. 사람은 강하고 약해. 섬세하고 복잡해. 부드럽고 축축한 것들이 단단하고 질긴 것들을 둘러싸고 있지. 피를 실어 나르는 커다란 관들과 눈에 보이지도 않을 정도로 얇은 관들이 꼬이고 섞여 머리끝부터 발끝까지 따뜻하게 잠기게 하거든. 숨이 드나드는 구멍과 음식이 통과하는 통로들. 물과 피를 머금고 있는 내장들과 탄력적인 근육들. 그러나 그것들은 또 얼마나 약한가. 하나만 막혀도, 하나만 잘려도, 살 수가 없다. 투명한 물약 한 방울에도 피와 근육이 망가지고 녹아버리는 인간이라는 존재는 얼마나 하찮은가. 해경은 칼끝을 수직으로 세워 단번에 감자를 찔렀다. 감자와 사람. 무엇이 더 쉬울까. 해경은 열아홉의 어느 날을 떠올렸다.

입을 벌리고 잠든 아버지. 해경은 시꺼먼 목구멍을 오래도록 바라봤다. 구덩이처럼 메마른 입속과 콧구멍. 지저분하게 자란 수염과 수염 사이사이 좁쌀만 한 염증과 노란 고름. 뾰족하게 천장을 향해 솟아오른 턱과 주름진 목. 둥근 울대와 쇄골 사이에 위치한 평평하고 매끈한 목덜미. 음식물이 드나드는 식도. 공기가 드나드는 기도. 해

경은 그 앞에 앉아 생각했다. 그곳에 구멍을 뚫
는 일은 어려울까? 나는 스물도 안 된 여자고 아
버지는 힘이 세고 강한 남자인데? 해경은 일정하
게 오르내리는 아버지의 가슴을 바라봤다. 한 번
씩 역한 냄새를 풍기며 길게 내뱉는 숨구멍. 아
니. 아니. 어렵지 않지. 크고 강한 남자를 상대하
는 게 아니잖아. 잠들면 다 무력한 짐승일 뿐이
야. 그냥 작은 구멍만 몇 개 뚫으면 살 수 없는 나
약한 짐승일 뿐. 해경은 커다란 식칼을 들고 왔
다. 손잡이를 움켜쥐고 수직으로 들어봤다. 무겁
고 손에 익지 않아 미끄러졌다. 식칼을 내려놓고
말라붙은 사과 껍질 속의 과도를 손에 쥐었다. 편
안했다. 무엇이든 잘라내고 깎아낼 수 있을 것 같
았다. 해경은 베개에 펜으로 X 표시를 세 군데에
하고 한 번씩 찔러봤다. 처음엔 푸-푹. 뻑뻑하고
잘 들어가지 않았다. 좀 더 강하게 찔러봤다. 푹.
너무 세게 들어가 칼이 바닥까지 닿았다. 리드미
컬하게 찔러봤다. 빠르지만 강하게. 쑥. 들어갔
다 부드럽게 나오는 칼. 해경은 아버지의 목덜미
를 뚫어지게 바라봤다. 허공에 까만 X 표시를 세

번 하고 백 번도 넘게 찌르는 상상을 했다. 그리고 빠르게 세 번 찔렀다. 아버지가 무의식중에 벌떡 일어나 목을 감싸 안고 애벌레처럼 뒹굴었다. 해경은 도망가려 했지만 아버지가 일어서지 못한다는 걸 알았다. 죽음이 서서히 그의 몸을 잠기게 하는 가운데서도 그는 술과 잠에 취해 있었다. 해경은 문턱에 앉아 아버지의 목에서 흐르는 피를 이불과 요가 빨아들이는 근사한 풍경을 감상했다. 네 살 난 동생은 모로 누워 깊은 잠에 빠져 있었다. 나는 누나를 이해할 수 있어요, 라고 말하는 듯한 무심하고 의젓한 표정. 해경은 동생을 껴안고 새벽에 집을 나왔다. 이내 등 뒤의 집이 이글거리는 화염 속에 잠겼다. 해경은 새근새근 잠든 아기의 귓가에 속삭였다. 아가야. 사랑하는 동생아. 내 아들아. 내가 널 지켜줄게. 걱정 말거라. 아무도, 누구도, 너를 괴롭히지 못하게 할게. 그게 나라면…… 나는 나도 죽일 거야. 눈 감은 해경의 눈꺼풀이 미세하게 떨렸다.

해경은 거울을 통해 자신을 봤다. 어느새 주름

지고 힘을 잃은 피부. 하얗게 세기 시작한 머리칼. 해경은 자신의 얼굴에서 동생의 얼굴을 찾는다. 눈매와 코가 닮았고 웃을 때 쏙 들어가는 보조개도 닮았다. 집으로 돌아가는 길 저 멀리 바위 위에 서서 손을 흔들던 아이. 매끈하고 깨끗하게 씻긴 하얀 몸 구석구석을 살펴 작은 상처나 멍 하나까지 찾아 약을 발라주던 아름답고 빛나던 날들. 손바닥에 못이 박이고 피부가 벗겨지는 힘겨운 노동과 역겨운 냄새 속에서도 동생을 생각하면 견딜 수 있었다. 그 애를 잘 키우는 것이, 그 애를 보호하는 것이, 삶의 이유였다. 동생을 발견한 자를 주시했고 동생에 대해 묻는 자를 경계했으며 동생에게 의문을 품는 자들의 이름과 얼굴을 기억했다. 그러지 못하게 이런저런 노력을 해도 기어이 동생에게 접근하려는 자는 죽였다. 그 사람이 내게 호감을 품고 잘해줬던 좋은 사람일지라도. 난 그렇게 했다. 해경은 거울을 향해, 거울 속 희미하게 어른거리는 동생을 향해 말했다.

해준아. 두려웠어. 네가 아니라 내가. 어느 순간부터 넌 몸이 떨리고 숨이 가빠졌지. 너의 맑은 눈동자. 아름다운 속눈썹. 그런 것들이 전에 없이 빛나기 시작했어. 나는 그게 무엇인 줄 알았지만, 그래서 두렵고 떨렸지만, 넌 그게 무엇인 줄도 모르는 순진한 소년이었지. 욕망과 충동에 영혼을 빼앗긴 무모한 눈동자를 보고 나는 처음으로 네게서 몸을 가렸어. 우리가 서로의 몸에서 숨은그림찾기 하듯 상처를 찾고 멍을 찾으며 만지고 살펴보는 동안 네가 이렇게 훌쩍 컸는지 몰랐던 거야. 넌 계속 보여달라고 보채는데 그때마다 난 네게 화를 내야 했고 꾸짖어야 했지. 그리고 어느 날 네가 죽인 것을 내게 스스럼없이 보여줬을 때 또 다른 방식으로 두려워졌단다. 사랑스러운 너의 얼굴에서 내가 가장 증오하는 두 사람의 얼굴이 겹쳐 보이기 시작했던 거야. 네가 점점 아버지가 되어가고 너의 눈빛에서 저주받은 내 기질을 발견했을 때 문득 난 미래의 우리를 만나고 말았단다. 끔찍했어. 너무나 슬프고 괴로웠어. 난 알았어. 아버지를 죽였던 것처럼 내가 널 죽일 거라는 걸, 기어이 죽이고 말 거라는 걸. 아니면 네가 날 죽일 테지. 그래서 떠났단다. 널 상하게 하고 싶지 않았어. 누구도 널 해쳐선 안 되니까.

해경은 끔찍한 감정이 치밀어 올라 거울을 손
바닥으로 가렸다. 그 애를 두고 집을 나설 때가
기억난다. 영문을 모르는 얼굴로, 슬픈 얼굴로, 끔
찍한 비극을 예감한 얼굴로, 하지만 끝끝내 울지
않던 아이. 언젠가는 대가를 치러야 할 것이라고
생각했지만 이런 식이 될 줄은 몰랐다. 해경은 현
기증을 느끼고 개수대에 손을 짚고 잠시 기대서
서 눈을 감았다. 눈꺼풀 속 어둠이 휘저어진 커피
처럼 검은 물살을 이루며 소용돌이를 만들어냈
다. 그러나 힘을 내야 한다. 형벌을 받으려면 내
가 받아야지. 그 애가 뭘 알아. 뭘 잘못했겠어. 외
로워서 그래. 화가 나서 그래. 아이니까. 아직 아
이니까. 해경은 주문을 외우듯 중얼중얼거렸다.
내일부터 힘 있는 사람들을 찾아다니면서 도와달
라고 해야지. 가엾은 동생이 왜 저런 일을 저지를
수밖에 없었는지 내가 다 설명해줘야지. 사형수
를 죽이라고 시위를 벌이는 사람들을 찾아다니며
그들의 오해를 풀어줄 거야. 따뜻한 차라도 대접
하면서 말해줘야지. 장관들과 대통령에게 편지도

쓸 거야. 필요하다면 인터뷰도 하겠어.

　해경은 손에 묻은 물기를 닦고 리모컨을 들었다. 뉴스 속보가 나오고 있었다. 빨간 프레임 속 선명한 흰 글씨. 사형수 474번. 교도소장 살해 시도. 채널을 돌렸다. 역시 속보가 나오고 있었다. 얼마 전 사형 집행을 원하던 사형수 474번이 예고대로 교도소장을 살해하려 했습니다. 교도소장은 기관지가 잘려 나갈 정도로 큰 상처를 입고 곧바로 중환자실로 이송됐습니다. 떨리는 손가락으로 채널을 돌렸다. 도대체 얼마나 많은 사람이 죽어 나가야 형 집행을 하게 되는 걸까요? 지금 나라 전체가 극악무도한 살인자에게 분노하고 있습니다. 법무부 장관은 구체적 답변은 피했으나 전 국민이 주시하는 사안인 만큼 조만간 공식 발표를 하겠다고 했습니다. 해경은 티브이에서 나오는 말들을 멍하게 바라봤다. 겨울바람이 부는 눈 덮인 벌판에서 마른 가지를 주워 모닥불을 피우려 한 적이 있었다. 나무는 조금만 힘을 줘도 딱, 딱, 소리를 내며 부러질 만큼 건조했다. 그러나 아무리 애를 써도 불이 붙지 않았다. 불꽃이 조금만 올라와도 바람이 앗아갔고 바람이 불지 않을 땐 아무 이유 없이 불꽃이 사그라졌다. 마침내. 모든 노력에도 불구하고 불이 붙지 않고 한 줄기 긴 연기만 하늘로 올라갈 때 해경은 느꼈다. 내 힘으로 어쩔 수 없는 것. 내 편이 아닌…… 빌어먹을 운명이 있구나. 눈 덮인 벌판이 불을 원치 않는 거야. 해경은 그날의 체념. 그날의 무력감. 그날의 창백함. 그날의 어쩔 수 없음. 그리하여 너무도 고통스럽게 받아들이게 됐던 이상한 깨달음을 지금 이 순간 다시 떠올리며 자리에 주저앉고 말았다.

474번에 대한 공문이 내려왔다. 교도관들은 탁자 위에 놓인 문서를 내려다보며 말없이 서 있었다. 최 교위는 문서를 꼼꼼히 읽은 뒤 담배를 꺼내 입에 물었다. 박 교감은 난감한 표정으로 뺨에 난 사마귀를 손가락으로 만지작거렸다.

아, 이거. 이거. 일이 이렇게 진행되면 안 되는데. 앞으로 남은 프로그램이 다 꼬이게 생겼네.

최 교위는 담배 연기를 뿜고 그것을 손으로 휘휘 저으며 말했다.

제발 분위기 파악 좀 하세요. 당분간 교화니 뭐니 그런 말 좀 하지 마시고. 병원에 있는 사람이 소장님이 아니었을 수도 있어요.

박은 짜증 난 표정으로 답했다.

누가 뭐래? 넌 사사건건 나한테 시비 좀 걸지 마. 소장 그렇게 된 게 뭐 내 책임이야? 그 사이코 새끼 때문에 그렇지 않아도 열 받아 죽겠으니까 그만 긁어.

애초에 안은석 같은 사이비를 붙이지만 않았어도 이렇게까진 안 됐을 겁니다. 그 사람 지금 어디 있습니까? 한번 들어오라고 하세요. 따질 건 따져야 하지 않겠어요?

내가 이렇게 될 줄 알았겠어? 그리고 내가 안은석하고 무슨 특별한 사이라도 되는 줄 알아? 나도 몰라. 그렇지 않아도 계속 연락했는데 내 전화는 아예 받지를 않아. 어디서 뒈져버렸나봐.

이게 뭡니까? 인터뷰니 뭐니 생색은 혼자 다 내고 아무것도 통제 못 했잖아요. 소장님 기관지

랑 성대 완전히 나갔대요.

박은 답할 말을 찾지 못해 우물쭈물하다가 윤을 쳐다봤다.

말은 똑바로 하자. 솔직히 말하면 담당인 윤! 네 책임 아니야?

최가 물고 있던 담배를 신경질적으로 종이컵에 비벼 끄며 말했다.

선배님. 인간적으로 그렇게 말씀하시면 안 되죠. 그렇지 않아도 이 일로 덤터기는 윤이 다 썼잖아요.

교도소장이 병원에 입원하고 윤은 징계를 받았다. 3개월 감봉됐고 보직이 변경됐으며 다른 교도소로 전보가 권고됐다. 윤은 고개를 숙인 채 말없이 계속 공문만 읽다가 모자를 눌러쓰고 사무실에서 나왔다.

늦겨울. 잎이 없는 나무들이 바람에 흔들리는 2월의 흐린 오후. 수형자들은 운동장에서 각자의 취미에 따라 시간을 보내고 있었다. 윤은 벤치에 앉아 그들의 움직임을 지켜봤다. 담을 따라 걸는 어떤 수형자는 기계적이고 규칙적으로 걸었다. 고인 물을 목적 없이 선회하는 곤충처럼 집요했고 고요했다. 공을 차고 근력을 기르고 대화를 나누고 웃고 떠드는 사이에도 태양은 정해진 궤도를 따라 서서히 기울고 있었다. 교도소 정문을 나서자마자 윤은 신해경을 발견했다. 그녀는 같은 자리에서 오랫동안 움직이지 않은 듯 머리와 어깨에 잔설이 쌓여 있었다. 매일처럼 접견을 희망하지만 더 이상 교도소에서는 허락하지 않았고 474번도 아무도 만나지 않겠다고 했다. 윤은 살짝 목례하고 그녀를 지나치려 했다. 해경은 손을 내밀어 윤의 팔목을 잡았다.

부탁이 있습니다. 드릴 말씀도 있고.

윤은 아무 말도 하고 싶지 않았다. 어떤 말도 듣고 싶지 않았다. 어느새 그들의 병적인 관계 속으로 너무 깊숙하게 들어가고 말았다. 언젠가 최 교위가 말했던 코걸이가 이런 것인가, 싶은 생각에 후회하는 마음도 들었다. 그러나 막상 해경의 지치고 창백한 얼굴을 보고 있으니, 속이 비치는 눈동자를 보고 있으니, 더 많은 이야기를 듣고 싶다는 생각이 들었다. 어두운 호기심과 그것에 더는 휘둘리지 않으리라는 두 마음 사이에서 고민하던 차 해경은 한마디 더 했다.

곤란하신 거 압니다. 그냥 한 정거장 정도만 저와 걸어주세요. 그 정도 시간이면 됩니다.

사람도 없고 차도 없는 황량한 국도 변. 둘은 걸었다. 왼쪽으로 기우는 묘한 걸음걸이의 해경의 옆모습을 향해 윤은 어렵게 말을 꺼냈다.

뉴스에서 보셨겠지만 곧…… 집행이 될 겁니다.

해경은 입술을 꾹 다물고 앞으로, 앞으로, 걸어가기만 했다. 윤은 작은 소리로 말했다.

유감입니다.

저 멀리 화물 트럭이 나타나 굉음을 내며 빠르게 스쳐 지나갔다.

그 애가 아직도 날 많이 미워하나요?

지금은 제 담당이 아니어서 모르겠습니다.

윤은 말끝을 흐렸다가 다시 말을 이었다.

그와 많은 이야기를 나누지는 않았지만 제 느

낌으로는 미움이 아니었어요. 오히려 그 반대죠.

　교도관님. 사람들은 비밀을 남기고 죽어요. 그
건 대부분 자신의 것이 아니에요. 남은 사람들에
대한 것이죠. 동생과 저는 고단하고 복잡한 삶을
살았습니다. 많은 일들이 있었지만 진짜 일어난
일 그대로는 절대로 말할 수 없어요. 저 역시 동
생에게 그랬고 그 애도 저에게 그랬을 겁니다. 담
당이 아니시지만 제가 부탁드릴 분은 교도관님밖
에 없네요.

　해경은 호주머니에서 편지를 꺼내 윤에게 건넸
다. 윤은 그걸 선뜻 받아 들지 못하고 난감한 눈
으로 쳐다만 봤다.

　이걸 전해주세요.

　윤은 대답하지 않았다. 버스가 속력을 줄이며
정류장 앞에 서서히 멈춰 섰다. 해경은 말했다.

　부탁입니다.

13

문이 열렸다. 방 안에 윤이 들어서자 474번의 눈동자에 희미하게 윤기가 돌았다. 윤은 무심한 얼굴로 한참 그를 바라보다가 멀찍이 떨어져 문 앞에 앉았다. 새롭게 배정된 담당 교도관에게 특별히 부탁한 만남이었다. 윤은 한동안 아무 말도 못 하고 그의 상태를 눈으로 살폈다.

몸은 좀 어때?

그는 반쯤 감긴 눈과 초췌한 얼굴로 부드럽게 미소 지었다. 소장의 목을 물어뜯는 과정에서 그는 교도관들에게 물리적인 폭행을 당했다. 몸 이곳저곳에 상처를 입었다. 그러나 아무런 치료나 보호를 받지 못한 상태로 보름 넘게 징벌거실에 갇혀 있었다. 한눈에 봐도 그는 좋아 보이지 않았다. 그의 상처의 일부는 내 발과 주먹이 만든 거겠지. 윤은 무의식적으로 침을 삼켰다. 그가 부어오른 입을 움직였다.

걱정 마세요. 좀 둔하게 느껴지긴 해도 하나도 안 아픕니다. 아시잖아요.

그는 그 말이 웃기다고 생각하는지 입을 가리고 쿡쿡 웃었다.

뭐 좀 먹었어?

입맛이 없어서. 먹을 때도 있고 안 먹을 때도 있고.

윤은 어깨에 메고 있던 가방을 내려놓고 뭔가를 꺼냈다. 보온이 잘되는 커다란 반찬통이었다. 뚜껑을 열었다. 비릿한 냄새가 방에 퍼졌다. 그는 냄새를 맡자마자 반사적으로 눈살을 찌푸렸다. 윤은 푹 쪄낸 한 마리의 커다란 꽃게를 그 앞에 내놓았다. 아직 따뜻하고 희미하게 김이 나고 있었다. 그는 묘한 눈으로 붉은 꽃게의 등을 내려다봤다. 낯선 이가 던져준 고기를 두고 갈등하는 개처럼 그는 조심스럽게 게와 윤을 번갈아 쳐다봤다. 윤은 어깨를 살짝 올렸다 내리며 말했다.

꽃게 철은 좀 지났지만 그래도 먹을 만할 거야. 걱정 말고 부담 없이 먹어줘.

그는 한참 동안 꽃게를 앞에 두고 말없이 앉아 있었다. 좁은 방 안에 비릿한 게 냄새가 가득 찼다. 마침내 그는 말했다.

어떻게 먹는 겁니까?

윤은 그가 잘 먹을 수 있도록 다리를 뜯어냈고 관절을 미리 가위로 잘라냈다. 등껍질을 손으로 제거했고 불필요한 부분은 손질했다. 그는 손가락 크기만큼 잘려진 게 다리를 집어 들고 먹기 시작했다. 껍질에 붙어 있는 살점을 남기지 않기 위해 집요하고 느리게, 또한 공들여 먹었다. 등껍질은 숟가락으로 파먹었고 다리는 쪽쪽 소리를 내며 빨아 먹었다. 먹는 내내 단 한 마디도 하지 않았으나 틈틈이 묘한 신음 소리를 내뱉으며 맛있다는 내색을 숨기지 않았다. 분해된 게는 10분도 되지 않아 껍질만 남았다.

아…… 맛있군요. 정말이지 최고로 맛있었습니다.

그는 눈을 감고 손가락을 하나씩 빨며 흡족한 듯 미소 지었다. 그리고 뭔가 생각났다는 듯 말했다.

제가 하나 물어봐도 됩니까?

윤은 고개를 끄덕였다.

호기심은 좀 채워졌나요?

응? 당황한 윤은 자신을 깊숙하게 응시하는 그의 눈을 바라봤다. 윤은 자신도 모르게 허리를 꼿꼿이 폈다.

처음엔 담당님을 보고 갈등했어요. 가까이 다가오거나 나에 대해 궁금해하는 자들을 지금까지는 살려둔 적이 없었거든요.

윤은 침을 삼키고 주먹을 꽉 움켜쥐었다.

그런데 시간이 좀 지나니까 담당님이 좋아졌어요. 매력이랄까, 그런 게 있었어요.

그래? 내가 고마워해야 해?

네. 제게 고맙다고 하셔야 해요.

……고마워.

저도 고맙습니다.

윤은 게 껍질과 빈 통을 비닐봉지에 담아 단단

하게 묶었다. 474번은 고개를 숙여 인사했고 윤
도 가볍게 고개를 숙였다. 윤은 문을 열고 밖으로
나가려 했다. 그때 그가 윤을 불렀다.

담당님.

윤은 열린 문을 손으로 잡고 고개를 돌려 그를
바라봤다.

지금도 그 여자가 찾아옵니까?

윤은 고개를 끄덕였다.

그렇다면 모든 일이 다 끝나고 난 뒤에 전해주
세요. 맛있게 먹었다고. 그렇게만 전해주세요.

윤은 말없이 고개를 끄덕였다. 그는 이제까지
본 적 없는 가장 큰 웃음을 보여줬다. 하얀 치아
가 가지런했고 왼뺨에 움푹 들어간 보조개는 무
구했다. 윤은 주머니에 넣고 있던 편지를 바닥에
내려놓았다. 그리고 문을 닫고 밖으로 나갔다.

해준아. 널 두고 떠난 뒤 일주일 뒤에 다시 돌
아왔어. 넌 없었고 돌덩이처럼 얼어붙은 게만 있
었지. 널 찾았어. 폭설이 내린 날이었지. 눈 덮인
벌판을 걷고 또 걸었어. 나무를 너라고 착각하고

달려갔지. 노루가 지나간 자리를 따라가기도 했
어. 헤매고 또 헤매는 동안 눈물이 얼고 그 얼음
을 또 눈물이 녹이기를 반복해서 내 얼굴은 얼어
붙고 갈라졌단다. 해가 졌어. 별도 달도 뜨지 않
는 그믐이었지. 세상이 완벽하게 까만 어둠 속에
잠겨 있었고 나는 물속을 기어가는 심정으로 겨
우겨우 마을로 돌아왔어. 신발을 벗고 양말을 벗
었는데 왼쪽 발가락 다섯 개가 검게 변해 있는
걸 발견했어. 더운 물에 발가락을 녹였는데 시간
이 지나도 엄지를 제외한 발가락 네 개는 원래대
로 돌아오지 않더구나. 장판 위에 놓인 까만 발가
락 네 개가 마치 물고기처럼 보여 누난 웃고 말았
단다. 너한테 그렇게 조심하라고 했던 그 작은 실
수를 나는 저지르고 말았던 거야. 부주의함. 무성
의함. 그리고 무력한 마음. 난 알았지. 아무것도
느껴지지 않지만 이걸 내버려두면 내 발목을 덮
고 몸 전체에 까만 점이 퍼지게 될 거란 걸. 누난
그걸 직접 잘라냈단다. 하나씩 뚝, 뚝, 뚝, 뚝, 잘
라내는데 어쩌나 시원하고 후련하던지. 몸속에서
바람이 부는 것 같고 맑은 물이 쏟아지는 것 같았

단다. 바람을 타고 날고 싶었고 물속을 헤엄치고 싶은 그 마음을 넌 알까? 이대로 온몸을 잘라내고 싹둑싹둑 썰어내면 너를 그리워하는 마음도, 미안함과 죄책감과 복잡한 내 심정도 다 사라질 것 같았어. 죄라고 여겨지는 마음. 온갖 나쁜 것들을 담아둔 마음 깊은 곳의 밀봉된 상자 같은 것들도 다 사라질 것 같았어. 그러면 내 몸이 사라지고 몸속에 깃든 이 피곤한 마음들도 눈 녹듯 싹 사라지겠지. 그러면 얼마나 좋을까. 칼끝을 배꼽에 두고 오랫동안 있었어. 어떤 강렬한 충동을 느꼈는데 그때 네 생각이 났어. 너도 나 같을 거라고 생각했지. 너와 나는 연결되어 있으니까. 내가 그렇게 하면 맞은편 어딘가에 있는 너도 나처럼 할 것 같았어. 그래서 참았지. 그리고 앞으로 다시는 이런 짓을 하지 않겠다고 다짐하고 또 다짐했어. 그런데 넌 스스로 죽으려 하는구나. 그동안 우린 각자의 방식으로 힘들게 살아왔어. 원한다면 필요하다면 그걸 끝낼 필요도 있는 거겠지. 해준아. 이름을 부르고 세 시간이 흐르도록 한 줄도 쓰지 못했어. 화가 나. 혼내고 싶고 따지고 싶고

빌고 싶고 울고 싶어. 하지만 참기로 했어. 걱정
마. 밖에 있을게. 누나가 엄마가 마지막까지 곁에
있을게.

14

2월의 마지막 날. 구름 한 점 없이 맑고 밝은 날. 교도소 앞에 취재진들이 몰려들었다. 인권위원회와 종교 단체와 신학생들이 구호를 외쳤다.

범죄율과 상관없는 사형을 폐지하라.

살인이 나쁘다면서 왜 살인을 하는가.

논의는 없고 오직 벌만 있다.

맞은편에서 정체를 알 수 없는 몇몇 단체들이 다른 구호를 외쳤다.

죄인을 심판하라.

사형수들을 모두 사형시켜라.

피해자의 눈물을 닦아줘라.

해경은 멀리서 그 모습을 물끄러미 지켜봤다. 바람처럼 귓가에 닿았다가 사라져버리는 외침들. 심각해 보이는 사람들. 열정이 넘치는 사람들. 사랑이 넘치는 사람들. 해경은 고개를 돌려 교도소 건물을 봤다. 저기 어딘가 해준이 있을 거다. 무서울 텐데. 두려울 텐데. 해경은 손에 쥔 홍삼 봉지를 꽉 움켜쥐었다. 한참 뒤 교도관이 나왔고 뭔가를 발표할 때 일제히 플래시가 터지면서 사람들은 소리를 질러댔다. 환호인지 신음인지 구분할 수 없는 이상한 소리. 서서히 희미해지고 귓가엔 먹먹한 고요만이 남았다. 마치 주변이 진공 상태로 변한 것처럼. 해경은 차갑게 식은 홍삼 봉지의 끝을 이빨로 뜯었다. 그리고 동생에게 말해주지 않았던 사수의 마지막 이야기를 떠올렸다. 사랑했던 제자 중 한 명이 히드라의 뱀독이 묻은 화살을 날렸는데 그게 하필 사수의 허벅지에 맞았다. 실수였지만 대부분의 실수가 그렇듯 돌이킬 수 없었다. 사수는 죽지 않는 몸을 갖고 있었기에 고통 또한 사라지지 않고 몸에 남게 된다. 생명을 앗아가는 고통을 품은 불사의 몸. 그는 영원한 고통을 참다못해 자신의 죽지 않는 본성을 다른 이에게 양보하고 죽음을 택하게 된다. 해경은 내용물을 마셨다. 검고 차가운 액체가 식도를 타고 내장으로 흘러 들어갔다. 해경은 궁금했다. 사수는 죽을 때 어떤 기분이었을까. 고통이 멈춰 행복했을까. 아니면 죽음이 찾아왔기에 고통스러웠을까. 해경은 잠시 입을 막고 거칠어진 호흡을 가다듬고 하늘을 봤다. 맑은 하늘을 빠르게 가로지르는 이름 모를 새 한 마리. 그 화살은 혹시……내가 쏜 것은 아닐까? 겨울이 끝나가는구나. 손이 저린다. 네 머리를 쓰다듬어주고 싶어서. 안아주고 싶어서. 이게 통증이라는 것일까.

* 이 소설은 단편 「474번」을 개작한 것입니다.

작품해설

악惡은 침묵할 권리가 없다

박혜진

　위험을 감수하는 것이 좋은 소설의 기준은 아닐 것이다. 그러나 좋은 소설은 모두 위험을 감수하고 있다. 문학의 세계에서 위험을 감수한다는 것은 무슨 뜻일까. 작가와 독자 사이에 공인된 길이 없다는 말이다. 작가는 독자의 경로를 통제할 수 없고 독자는 작가의 목적을 예측할 수 없다. 작가가 없는 곳에 독자는 도착하고 독자가 없는 곳으로 작가가 출발했을 가능성. 요컨대 오독의 가능성을 포함한다는 말이다. 『유령』을 읽으며 나는 직감했다. 이 소설은 위험을 감수하고 있다. 진실에 닿기 위해 오독의 길이 필요하다면 그

마저 안고 가겠다는 의지. 그것은 용기다. 작가의 용기가 좋은 소설의 기준은 아닐 것이다. 그러나 좋은 소설은 모두 작가의 용기에 빚지고 있다. 악인의 인생사를 들려주는 이 소설은 오독의 길을 열어놓고 있다. 그 길목을 막아서는 것이 내가 할 일은 아닐 것이다. 하지만 거기서 멈추지 말라고 손짓하는 것은 내가 할 일이다. 작가의 용기가 작품을 읽은 타인의 용기를 통해 완성된다면, 철 지난 사명감마저 느끼며 손짓에 열중을 기하게 만드는 이 소설은 좋은 소설일 뿐만 아니라 완성된 소설이라고도 할 수 있을 것이다.

『유령』은 극악무도한 살해를 저지르고 수감된 사형수 474와 그에게 호기심을 느끼는 담당 교도관 윤에 대한 이야기다. 소설에서 발생하는 가장 큰 변화는 범죄자 474의 베일이 벗겨짐에 따라 불우한 유년 시절을 보낸 상처받은 인간 신해준이 드러난다는 점이다. 이야기가 진행될수록 474에 대한 정보가 더해지며 그의 악은 '악마적 순결성'을 잃는다. 이 과정은 모종의 불편함을 동반한다. 악한의 내면을 서사화하고 그의 불우했던 성장 과정을 보여주는 데 이토록 많은 지면을 할애하는 작가의 의도 앞에서 악마의 변호사라는 말을 떠올리지 않기란 힘든 일이다. 앞서 언급한 오독의 갈림길도 바로 여기다. 작가는 용서할 수 없는 악행에도 참작할 만한 이유는 있다고 말하고 싶은 걸까? 눈에 보이는 사건을 인과적으로 연결해 결론을 내려버리고 싶은 유혹이 우리를 자극하는 것도 사실이다. 그러나 악인의 과거를 들춰내고 그가 처한 비극적 상황을 보여주는 것이 악을 정당화하는 것은 아니다. 그에게는 이미 법이 가할 수 있는 최대한의 형벌이 주어졌다. 474에 대한 사법적 판단이 완료된 시점에서 소설이 시작하고 있다는 점은 작가의 주제가 구체적인 범죄 행위와 그에 대한 처벌과 거리 두고 있음을 시사한다. 핵심은 죄와 벌이 아니다. 이 모든 정보의 발원지는 감금된 악을 자극하고 들쑤셔 봉인된 기억을 꺼내려 하는 윤의 생각과 행동이다. 윤은 왜 474의 마음을 궁금해할까. 다 끝난 이야기에 무엇을 더 보태려고.

'악'이라는 말에는 더 이상의 질문을 봉쇄하는 끝의 이미지가 있다. 합리적인 사고 체계로는 이해할 수 없는 일탈된 행동이자 논의의 대상이 될 수 없는 비정상적이고 비상식적인 의식으로 악을 규정하고 나면 악을 바라보는 시선은 제한되기 마련이다. 그것을 조금이라도 이해한다는 것은 스스로가 악한 존재임을 인정하는 것이나 다름없기 때문이다. 누구도 자신이 악을 이해하는 존재로 보여지는 것을 원하지 않는다. 이렇게 되면 악은 이해할 수 없는 것이기 이전에 이해해서는 안 되는 것이다. 악의 정당화는 오히려 여기에 있다. "미친 새끼" "짐승" "악마" "사이코". 이해할 수 없는 괴물이라 선 긋고 더 이상 생각하지 않는 것은 쉬운 일이다. 동시에 악을 재생산하는 일이기도 하다. "제일 무서운 사람이 누군지 알아? (……) 잔인한 놈? 살인자? 사이코? 아냐. 아냐. 속을 모르겠는 놈이야."(pp. 13~14) 474에게 호기심을 보이는 윤에게 선배 교도관 최는 가르친다. 맞는 말이다. 속을 모르는 놈이 제일 무섭다. 그러나 속을 모르기 때문에 모르는 상태로 두는 것이야말로 악에게 익명을 허락하고 침묵을 승인하는 기만적 태도다. 절대선이 상상의 산물인 것과 마찬가지로 절대악도 상상의 산물이다. 474가 들려주는 이야기는 어떤 부분에선 낯설고 혐오스럽지만 어떤 부분에선 익숙하고 이해할 만하다. 악은 우리가 알 수 없는 것들로 구성된 외계가 아니라 우리가 아는 것들이 알 수 없는 방식으로 착종된 한계다.『유령』은 악의 입을 열어 그의 침묵을 저지한다. 악의 실체는 드러나야 한다. 악을 용서하기 위해서가 아니라 악에 무지하지 않기 위해서.

악이 타고난다는 생각

이야기를 하나 해줄까요? 어떤 사람이 있었습니다. 그는 사수의 운명을 갖고 겨울에 태어났어요. 어려서부터 사냥을 잘했던 이 남자는 살면서 많은 것들을 죽였습니다. 무엇인가를 사로잡아 생명을 빼앗는 일. 좋아하거나 원하지는 않았지만 그는 누구보다 그걸 잘했고 나중엔 그게 일이 되었죠. 그는 뛰어난 사냥꾼입니다. 아무 흔적도 남기지 않았고 맡은 일을 실패한 적도 없지요. 그가 죽인 이들은 기록에 남지 않습니다. 미제이거나 사고로 존재할 뿐이죠. 그가 무엇인가를 노리고 응시하면 무엇이든 쓰러지고 맙니다. 그의 눈은 정확하고 창끝은 날카롭거든요.(pp. 25-26)

474는 운명론자다. 스스로를 설명하는 최초의 발언에서 그는 자신이 사수의 운명을 타고났다고 말한다. 좋아하거나 원하지는 않았지만 그저 잘했기 때문에, 다시 말해 타고났기 때문에 무엇이든 쓰러뜨리는 삶을 살게 된 "그"는 물론 474 자신이다. 그의 주장에 따르면 악은 주어진다. 피할 수 없는 생의 조건에 따라 살아왔다는 운명론은 죄책감이나 죄의식을 느끼지 않는 그의 태도를 합리화한다. 작품 전체에 걸쳐 474는 자신을 압도하는 운명의 굴레가 존재한다는 인식을 드러내는데, 이러한 운명론적 세계관은 악에 대한 관념 중 가장 널리 알려진 이미지다. 운명론적 입장은 악이 악을 정당화하는 방편인 동시에 쉽게 거부할 수 없는 인간의 조건이기도 하다. 소설에서 운명은 인정되지도 않지만 거부되지도 않는다. 예컨대『유령』에는 몇 가지 운명적이라 할 만한 단서들이 제시된다. 474는 선천성 무통각증을 앓고 있다. 무통각증은 말 그대로 자신의 몸에서 발생하고 있는 통증을 느끼지 못하는 질환이다. 자신의 통증을 느끼지 못하는 것은 타인의 통증을 느끼지 못하는 데 대한 강력한 알리바이가 된다.

누나와의 동일성은 운명론에 한층 무게를 실어주는 듯하다. 질환은 누나와 474에게 공통으로 존재한다. 두 사람에게 공통의 결핍이 주어졌다는 설정은 다시 한 번 혈연으로 표상되는 운명론에 긍정의 사인을 보낸다. 고통을 느끼지 못하는 것은 각종 위험으로부터 자신을 지키지 못하는 핸디캡이므로 누나는 동생으로 하여금 항상 자신의 몸을 잘 살피라고 교육하지만 정작 474는 누나가 가르쳐주지 않은, 누나로서는 영원히 모르길 바라는 "본질"을 공유한다. 살해에 대한 이끌림. 죽음 충동이 그것이다. 동생이 동물을 죽이는 것에서 아무런 죄책감도 느끼지 못한다는 사실을 알게 된 누나는 그를 떠난다. 누나인 해경 역시 열아홉 살에 아버지를 살해한 적 있기 때문이다. 474가 네 살이던 때의 일이다. 474는 자신에게 내재된 악의 기원을 아버지에게서 찾으려 하고 누나는 자신이 동생의 뿌리임을 받아들이며 그를 떠난다. (누나는 474의 어머니임이 암시된다.) 실행된 살해는 언뜻 두 사람 사이에 동일한 저주가 흐르고 있는 것처럼 보인다. 그러나 그들의 예감은 좀처럼 석연치 않다. 그들이 공유하고 있는 환경의 유사성을 뒤로하고 오직 종적 기원에서 원인을 찾으려 하기 때문이다.

474의 불행이 사수의 운명을 타고났기 때문인지 사수의 운명을 받아들였기 때문인지는 확실치 않다. 다만 운명인지 아닌지가 불분명한 것과 대조적으로 운명에 대한 그들의 태도는 분명하다. 그들은 자신들의 현재가 정해진 운명의 발현이라고 믿는다. 운명이라는 본 적 없는 과거에서 미래에 대한 근거를 찾는다. 누나 신해경은 동생이 자신의 폭력성을 고백해 왔을 때 '왜'냐고 묻지 않았다. 고백은 도움의 손짓이었을지도 모르는데 누나는 운명론에 기댄 도피로 도움의 손길을 뿌리친 것이다. '왜'냐고 묻는 일은 그의 이야기를 듣는 것만이 아니라 자신에게도 물어야 하는 괴롭고 아득한 일이기 때문이었으리라. 그들은 자기 인생에 드리워진 비극의 그림자를 의심 없이 받아들인다. 기다렸다는 듯이 적극적으로 받아들인다. 운명이 존재하는 것은 막을 수 없다. 하지만 인간은 운명을 거부할 수 있다. 선악의 법정이 있다면 불행의 파도 앞에서 한 번도 거부 의사를 밝히지 않은 그들에게 유죄를 선고할 것이다. 악은 운명이 아니다. 운명에 대한 태도다.

악에는 이유가 없다는 생각

왜 이런 일이 생겼을까? 도대체 왜? 물을 순 있겠지만 답은 알 수 없습니다. 애초에 이유 같은

게 없거든요. 의도도, 목적도, 없죠. 그러니까 그는 누군가에게 자연 같은 존재입니다. 그는 의도를 품지 않아요. 죽이고 싶어 하는 욕망이 없고 그로 인해 얻는 쾌감도 원치 않아요. 그는 그냥 죽입니다. 그는 미워하는 사람이 없고 사랑하는 사람도 없어요. 따라서 복수도 없고 오해도 없지요. 폭우가, 눈덩이가, 번개가, 곰이, 인간에게 죄책감을 가질 필요가 있나요? 사자는 사슴의 숨통을 끊고서 자신을 만든 창조자에게 용서를 빌지 않아요. 그냥 먹을 뿐입니다. 본성이란 그런 것입니다.(p. 28)

악에 대한 고정관념 중에는 무의미, 즉 자연의 이미지도 있다. 악에는 도대체가 아무런 이유도 없다는 것이다. 악을 행하는 데 이유가 없기 때문에 왜 이런 일이 벌어졌는지 질문하는 것 자체가 무의미하다는 생각. 무의미로서의 악은 우리를 가장 무력하게 만든다. 감금과 같은 사회적 처벌은 인간이 수치심을 가진 존재, 자유를 갈망하는 존재, 죽음에 대한 공포를 가진 존재라는 전제 위에서 가능하다. 수치심이 없고 자유를 원하지 않으며 죽음을 두려워하지 않는 사람에게는 본질적인 의미에서 처벌이 불가능하다. 죽고 싶지만 스스로 죽을 수 없어 자발적으로 체포된 474의 사형 집행을 두고 윤이 제기하는 의문은 악의 무의미가 얼마나 공포스러운 일인지 보여준다. "그런데 이상하네요. 사형 당하러 들어온 사람을 사형시키는 것이…… 뭐, 그 방법밖에 없겠지만 무력하군요. 아이러니하게도 우리 모두가 합심하여 살인을 저지른 죄인의 요구를 들어주고 있는 것 같아요."(p. 93) 자연에 이유가 없는 것처럼 악에도 이유가 없다는 생각을 받아들이는 것은 악을 수용하는 일과 하나도 다를 것이 없다. 정말 그럴까. 악에는 이유가 없을까.

스스로를 자연에 비유하는 474의 생각은 그다지 믿을 만하지 않다. 474는 버림받은 기억의 트라우마에서 벗어나지 못해 관계 없는 삶, 즉 자발적 괴물의 삶을 선택했다. 기어이 괴물로 살아가길 원하는 그를 이용한 사람들도 있다. "겁쟁이들은 저로 인해 강해졌고 원한이 많았던 자들은 저로 인해 원한을 풀었습니다. 그는 그 대가로 삶을 유지할 수 있었습니다. 조사관들이 저를 유령이라고 하는 소리를 들었습니다. 맞는 말입니다. 존재를 숨겨야 존재할 수 있는 사람, 그게 나였습니다."(p. 127) 텅 빈 그는 사람들이 자신을 욕망을 실현하는 도구로 이용하도록 적극적으로 협조했다. 지문이 등록되어 있지 않고 주민번호가 없기 때문이 아니라 타인의 욕망에 대한 반사물, 도구로서만 존재했기 때문에 유령이다. 유령은 실체가 없어서 비극적인 것이 아니라 타인에 의해서만 실체를 가지는 텅 빈 존재여서 비극적이다. 누나도 자신과 동일한 통증을 느꼈다는 걸 확인한 뒤 474는 비로소 죽고 싶지 않다고 말한다. 무의미로서의 악, 자연적 사태로서의 악을 뒤집는 결정적인 장면이다. 악에는 이유가 있다. 그것도 너무 많은 이유가.

474에 초점을 맞추고 그의 심연을 들여다보는 데 집중하던 소설은 점차 줌아웃되며 그를 둘러

싼 사람들을 비춘다. 분산된 시선이 가장 먼저 닿는 곳은 윤이다. 윤은 악에다 대고 '왜'를 묻는 사람이다. 그러나 윤 역시 내면에 '악'에 대한 끌림을 느끼고 있다는 점이 우리를 다시 한 번 혼란스럽게 한다. 그 수준이 타인의 시선을 살 만큼 표면화되지 않은 잠복된 형태지만 474에 대한 윤의 호기심은 강 건너 구경꾼의 시선과 구분된다. 474와 윤은 선악을 기준으로 깔끔하게 구분되지 않는다. 윤의 존재는 악에 대한 우리의 인식을 교란한다. 윤은 악마의 씨앗인가? 우리는 윤의 감정을 무엇이라고 불러야 하는가. 『유령』은 474가 무엇과도 관계되지 않은 악한의 존재에서 시작해 혈연과 비혈연을 포함, 그가 간과해왔거나 의미 없다고 여겼던 관계들을 드러내며 악에 대한 474의 주장을 반론한다. 이토록 성실한 검증의 서사는 어느 날 갑자기 태어난 돌연변이로서의 악에 금을 낸다. 윤은 잠복된 악일 수 있고 신해경은 악의 조력자일 수 있으며 살인 청부업자들은 악의 기생자일 수 있다. 요컨대 474를 둘러싸고 있는 관계는 그 자체로 악의 역사다. 『유령』은 악과

악인에 대한 정용준의 존재론적 보고서다.

쇄빙선의 자세

소설의 시작을 기억하는 독자들이 있을 테다.
"얼음 바다를 보신 적 있으십니까? / 얼어붙은 수
면을 깨며 느리게 나아가는 쇄빙선은요?"(p. 9)
『유령』은 쇄빙선에 대한 이야기로 시작한다. 소설
을 읽는 내내 쇄빙선에 대한 생각이 머리를 떠나
지 않았다. 얼음과 겨울의 이미지로 가득한 이 소
설에서 쇄빙선 장면은 소설 가장 바깥의 목소리
다. 474의 목소리를 빌리고 있지만 실상 작가의
목소리라 여겨도 무방하겠다. 소설 속에선 이 질
문에 대한 대답을 찾을 수 없기 때문이다. 표면적
으로 윤을 향해 있는 474의 질문은 우리가 가로
채 가기를 기다리고 있는 것 아닐까. 내 경우, 쇄
빙선은 물론 그 비슷한 것도 본 적이 없다. 하지
만 바다 얼음을 부수며 항로를 개척해 나가는 육
체성만은 요령 없는 정직함의 이미지였다고 기억

한다. 악에 호기심을 갖고 그것의 실체를 드러내기 위해 접근하는 일은 아직 이르지 못한 인간 심연의 얼어붙은 항로를 개척하는 일이 아닐 수 없다. 단단하게 얼어 있는 얼음을 깨부수는 쇄빙선이 그러하듯 이 소설은 악으로 표상되는, 소통할수 없는 존재 앞에서도 요령 없이 온몸으로 길을 만들어 나간다. 천천히, 하지만 정도로 밀고 나가는 이 정직한 육체성은 정용준의 문학과 닮아서 전혀 낯설지 않다.

정용준은 악의 모티프를 변주하며 인간과 인간 사이, 얼어붙은 심연의 항로를 개척해왔다. 이번 소설은 악을 가장 전면적으로 다룬다. 악에 대한 흔한 오해 중 하나는 알면 이해하게 되고 용서하게 된다는 가정이다. 정말 그런가? 대부분은 그 반대가 아니었나. 예컨대 우리는 아우슈비츠 수용소에서 벌어진 잔혹한 대량 학살의 현장을 알면 알수록 그때의 어떤 선택과 행동도 정당화할 수 없다는 생각에 확신을 갖게 된다. 과거의 역사가 아니라 가까운 곳에서 일어나는 일들에서도 마찬가지다. 오랜 시간 동안 가해진 친족 내의 성폭행과 학내에서 벌어진 집단 따돌림과 폭력에 대해 알면 알수록 '맞을 만해서 맞았다'거나 '당할 만해서 당했다'는 식의 2차 가해에 가담하지 않을 가능성이 높아진다. 실체를 드러내고 파악하고 설명하는 것은 대체로 더 날카롭고 차가운 판단을 가능하게 한다. 무엇보다 모르면 비난할 수도 비판할 수도 없다. 악이 불가해한 너머의 영역이라면 우리는 악에 대해 한없이 무력한 존재에 그칠 것이다. 474가 신해준이 되는 과정에서 동반되는 불편함의 기저에는 신해준에게서 발견되는 익숙한 감정들이 있을 것이다. 우리와 완전히 다른 존재가 아니라는 데에서 오는 거부감은 소설의 진의를 외면하고 싶게 만들기도 할 것이다. 그러나 우리는 고개 돌리지 말아야 한다. 피하지 않고 작가가 썼듯이 피하지 않고 읽어야 한다. 악마에겐 침묵할 권리가 없고 우리에겐 악을 모를 권리가 없다.

모르고 싶은 우리의 관성은 계속해서 공격받아

야 한다. 『나는 가해자의 엄마입니다』는 악의 내면을 힘겹게 뚫고 지나간 자취다. 서른일곱 명의 사상자를 낳았던 미국 콜럼바인고등학교 총기 난사 사건 가해자 부모의 참회록인 이 책은 충격적인 사건을 괴물의 일탈적인 행위로 일축해버리고 싶은, 악에 무지하고 싶은 마음을 놓아주지 않는다. 진실은 복잡하고 흐릿한 데다 익숙하고 일상적이기까지 하다. 평범한 일상 속에서 악이 제 몸을 키워나갔다는 사실을 받아들이는 것이 고통스러운 것과 마찬가지로 열두 명을 죽였고 실은 그보다 훨씬 많은 사람들을 죽였으며 이젠 자신도 죽이고 싶어 스스로 체포된 살인 기계가 살아온 이야기에서 혐오뿐만 아니라 연민도 느끼는 일은 우리를 자꾸만 시험에 들게 한다. 474에게 넘어가지 않겠다고 다짐하는 윤과 마찬가지로 우리 또한 근거 없는 연민을 느끼지 않겠다고 사투한다. 소설이 끝났을 때 474에 대한 저마다의 판단은 모두 다를 것이다. 또한 혼란스럽고 분명하지 않을 것이다. 그러나 확실한 것도 있을 텐데, 사정이 좀 복잡해졌다는 것이다. 우리를 이끄는 것은 선명한 거짓보다 흐릿한 진실이어야 한다. 몰라도 되는 악은 없다. 괴물은 몰라도 되는 이유가 아니라 알아야 한다는 경고다.

유령

지은이 정용준
펴낸이 김영정

초판 1쇄 펴낸날 2018년 10월 25일
초판 3쇄 펴낸날 2022년 12월 27일

펴낸곳 (주)현대문학
등록번호 제1-452호
주소 06532 서울시 서초구 신반포로 321(잠원동, 미래엔)
전화 02-2017-0280
팩스 02-516-5433
홈페이지 www.hdmh.co.kr

ISBN 978-89-7275-932-4 03810
       978-89-7275-889-1 (세트)

* 책값은 뒤표지에 있습니다.

현대문학 핀 시리즈 소설선 ————